U0733609

每一次卓越都来自倔强的孤独

毕淑敏 著

中国青年出版社

小时上课，老师常手捏粉笔，在黑板上书写、绘图进行讲解。板书后的老师，大体分为两种风格。一种是写完后，盯着黑板讲课，讲完之后，自己动手，拿起板擦，把黑板擦干净，再继续书写。四五十分钟的一节课里，反复擦写数次。轮到下课时，此等老师的仪容就比较惨，指端染白，袖子缘镀了银边，头发、肩膀上都留下薄薄的粉笔灰，"朝如青丝暮成雪"。

还有一种风格，多为衣着整洁手指纤细的女老师采用。她们会很有计划地使用黑板，如同精工细作的老农，充分利用黑板上所有的面积，包括星星点点的边角碎料。这样，她基本上不用擦黑板，就将本堂课的所有要点，都书写在黑板上了。下课铃响，该老师轻巧地拍拍手，基本上是人在花丛过，片草不沾身，袅袅婷婷到办公室喝茶去了。当班的值日生，饿虎扑食般飞奔着站到黑板前，胳膊舞动如风车，擦除满坑满谷的粉笔字。那时还没有无尘粉笔，一时间粉屑飘飘，烟尘四溅，灰头土脸。

私下里，我给第一类老师起外号叫勤老师，第二类老师称懒老师。

某日，一位历来属于勤风格的男老师，突然变懒了。他不再擦黑板，而是利用黑板上的所有空隙，东一榔头西一棒子地板书当日功课要点。这下可苦了我们，整个黑板乱得一塌糊涂。老师还在见缝插针，一条定律长蛇被腰斩成几截，蜷缩在不同的角落里抖动着。

　　大家叫苦不迭，马不停蹄南征北战。好不容易抄完之后，勤老师对值日生说，上来把黑板擦干净。

　　值日生抡着板擦凑前，火速擦完退下。勤老师端详着说，不是很干净啊。

　　的确，此刻的黑板须发花白。勤老师自己找了块半湿抹布，一下又一下缓缓擦拭黑板。不知勤老师是何用意，大家暗自叫苦，还有多少板书要乱七八糟大写特写？

　　勤老师不慌不忙，换块干净抹布，将遗留粉笔痕迹的黑板上下缘，彻底清洁干净。此刻的黑板黝黑发亮，如同海豚的背脊，在阳光下闪着水淋淋的青光。勤老师转过身问大家，现在黑板是不是很清亮？

　　大家异口同声说，是！

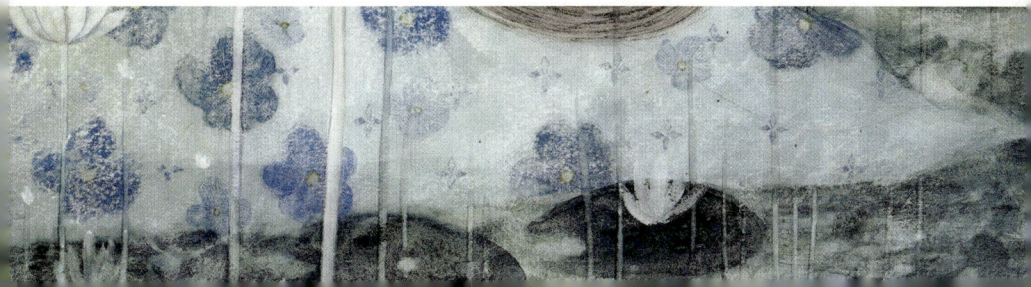

勤老师又说，刚才那写满了字的黑板，是不是要想找到一块空白地方，很难？

大家又异口同声地说，是！

勤老师说，刚才的黑板，就是我。现在的黑板，就是你们大家。

我们面面相觑，心想何时变成黑板了？有这么黑吗？有这么像长方形吗？

勤老师说，黑板好比是你们的脑子。干干净净，可以写很多定律，可以画美丽图画。刚才那张黑板，相当于我的脑子，已经用了很多年，写满了字，画满了画，再要写点什么，很不易。所以，同学们，请记住，珍惜现在的大好时光。此刻你们的大脑如同白纸，看过的书，字字入心。学到的知识，将会不离不弃陪伴你们一生。切不可荒废了光阴，虚度了少年时。

下课铃响了。勤老师第一次离开课堂时没有肩披粉尘，值日生闲得无事可干。大家面对着空无一字的黑板若有所思。

其实，我当时并不特别服气。心想，难道随着年纪渐长，脑子就会变成一锅糨糊？不一定吧？

不信归不信，我还是记住了勤老师的话。在之后的岁月里，常常想起，尝试着多读书。

　　我把这段往事告诉你们，我已经到了有当年勤老师两倍老的年龄。我想说，勤老师是对的。少年时代的学习会留下深刻记忆，镌刻在脑屏幕上，永不磨灭。我现在的记忆，无论多么当心，还是像蜻蜓点水，可以激起涟漪，很难留下痕迹。

　　所以，亲爱的同学们，请珍惜你们的时光，请在这个年龄多读书，它会对你的一生产生美好的影响。如果你不信，那你到了我这个年纪，就会深深遗憾。

毕淑敏

二〇16.8.6　北京.

目 录

第三辑　一罐回忆的泡泡糖

我们都是鱼，在时间与人间的无涯激流中遨游，许多鱼生活过，又消失了，还原为晶莹的水。

第四辑　生命中琐碎的时光

生命是有长度的，我们每个人最终都会走到死亡那一扇门前，所以思考好过程，把握当下的生命，让自己的每一分钟都变得快乐、有趣、有意义。

目 录

男婴和女婴的区别，就在那小小的方寸之间。后来，男孩和女孩长大了，一个头发长，一个头发短。一个穿裙衫，一个穿短裤。再后来，名叫第二性征的桨，把男人和女人的涟漪渐渐划出互不相干的圆环。

你对孩子怎样描述，他们就怎样以你描述的样子成长，许多成人不断在用自己的偏见扼杀孩子的美质，他们自己却一点儿都不知道。

第七辑　点亮自己的心灯，扬帆远航

有些人把梦想变成了现实，有些人把现实变成了梦想，关键在于你的梦想是什么，你为你的梦想做了什么！

第八辑　母爱是风和日丽的春天

很多受伤的女人，像一只疲倦的海鸟，她们飞了那么远的路，在羽翼低垂嘴角渗血的时候，仍然要不顾一切地回到自己的巢，呵护自己的幼子。

跋

让 我 依 然 做 个 小 孩

记忆之筛上保存的石头，每一块我都很珍惜，它由时光、情感和一些人所不知的成分构成，它是上天的馈赠。

　　暑假从交上最后一科的卷子时就开始了。小时候，我学习成绩不错，从来不为考试的结果担忧。性格也大大咧咧，只要卷子一答完，就对自己说，现在再怎么努力也没用了，万事皆休（那时还不会用这个词，但与破罐破摔的意思是一样的）。干脆，玩去吧。

　　玩过几天之后，就正式进入暑假的旅程了。标志就是厚厚的一叠暑假作业发了下来，都标好了日期，比如 7 月 18 日完成哪些题目，8 月 18 日又要完成哪些题目。我看着那些数字，总要生出一丝惆怅。因为我觉得那是很遥远的时光，现在就被规定出来了，到那一天，我还会活着吗？如果我已经死了，那谁来完成这些题目呢？我这种对于死亡的畏惧，真是与生俱来。

　　老师教导我们，千万不要把暑期作业攒到一块儿做，要按部就班循序渐进，在整个暑假期间始终保持着和课本的亲密接触，新学期的时候，才不会对功课有恍如隔世之感。

　　我知道老师说的是真理，但囿于我对死亡的畏惧，我会在这个问题上大大地忤逆老师。别的同学也有把作业攒到一块儿做的习惯，不过他们都是在整个暑假疯玩，到了临近开学的那几天，才昏天黑地地埋头赶作业。我和他们不一样，会在暑假刚一开始，就谢绝所有的活

动，一门心思完成作业。无论天气如何炎热，无论同学们邀我玩耍的建议多么诱人，我都会坚定不移地、一鼓作气地把所有的作业都工工整整地完成。直到 8 月 31 日的最后一道题画上句号，一颗悬着的心才会安然放下。

暑假里，我会怀念我的课本，发自内心地想念它们，隔几天就会去探望它们一下。如果因为不再考试了，就不理睬它们，那是一种势利眼。直到升入新的年级，有了新的课本，我才会渐渐喜新厌旧，放下以前的课本。

小学六年级的那个暑假，很多同学都不做暑假作业了，大玩特玩。因为升入了不同的中学，中学老师不知道各个小学的暑假作业具体是怎样要求的，就有了打马虎眼蒙混过关的可能性。我还是规规矩矩地完成了作业，大家都说我傻，但我自己知道，这是我一贯的做法，只图自己安心，和别人倒是没有太大的关系，况且我不以完成作业为苦，只当一次别致的游戏。

那个暑假还有一个小插曲，令我久久嘲笑自己。我考上了北京外国语学院附属学校，这在当年是很惹人羡慕的事情。学校发来的录取通知书上，在所有的注意事项之外有一条：新生入学有联欢活动，要求大家每人准备一个节目。

这很让我为难。在新学校里，我不认识任何人，只能演独角戏。世上一个人可以演的节目，实在是有限的。我不敢当众唱歌，独唱这条路是走不通了。我试着考虑演个单口相声，找了好几个段子练习了一番，然后讲给别人听。我眉飞色舞满头大汗地讲完了，听的人腮帮子一动不动，完全没有笑的模样，我知道此路不通了。也尝试着变个戏法或是小魔术什么的，但我基本上是个笨手笨脚的女生，这类需要

眼波流转声东击西的手段，无论我怎么勤学苦练，总是被人在第一时间识破，惹来一阵嬉笑。我不愿意在新的同学和老师面前出丑，只好作罢。甚至还想到了舞蹈或是艺术体操，但这个念头出现的第一刹那，就被我自己枪毙了。我身高体壮，韧带僵直，弯腰的时候，手指拼命向下挖都碰不到脚尖，这等板硬的体格哪能在众人面前翩翩起舞？

百般无奈，终于想到了讲故事。我常常给同学们讲故事，大家都很爱听。既然我别无所长，就只有用故事勉强凑数了。主意定下之后，我就去找合适的故事。我以一个少年人的狡猾想到，怎样才能吸引人呢？当然是充满了悬念让人欲罢不能的抓特务的故事。寻来觅去，我选定了苏联卫国战争时代的一个间谍案。记得初看这个故事的时候，我废寝忘食，半夜三更还不肯睡。想必勾我魂魄之事，也会打动新同学们。原题材是小说，为把它改造得朗朗上口，我着实下了一番功夫。本子基本成形之后，就进入实战演练了。我先把它背诵下来，然后再绘声绘色地表演出来。紧张准备了半个月，进入彩排阶段。我钻进僻静的小树林，面对一排小松树，开始讲起故事。树林里寂静极了，只有我颤颤抖抖的声音在松针的缝隙穿行。也许是那故事本身所具有的魅力，讲着讲着，我就忘却了紧张，进入情境。小松树是极好的听众，不精彩的地方，它们一动也不动，专心听讲。讲到妙处，它们就会随着风轻轻摇摆枝叶，好像在鼓掌。

经过几次演练，我已掌握了节奏，何时缓急谙熟于心，自信能牵引着听众的情绪跋山涉水走到结尾。但是，直到这一刻，我才发现了一个极为惨痛的问题——整个故事长度为四十五分钟！我狠狠地敲着自己的脑壳，叫着自己的名字，说，毕淑敏，你真是太傻了！你怎能一人占掉四十五分钟，最多只能用五分钟。

怎么办呢？我陷入深深的踌躇之中。跌宕起伏的情节，众多人物的命运，哪能压缩到五分钟之内呢？我茫然不知所措，在树林里枯坐着，欲哭无泪。

后来，我终于决定，保持故事的完整性，到了会场再见机行事。轮到我演节目，先给老师和同学们打个招呼，说这个故事比较长，看看让不让我演。如果大家有兴趣听，我就讲下去，如果嫌太长，我就谢幕下台。

想过之后，心境稍安。报到那一天，我特地穿了一套黑衣服到学校去。我觉得一个讲侦探故事的人，穿黑衣服比较有神秘感。结果是，所有同学都做了充分准备，歌曲一唱三四支，舞蹈一跳好几个，几十位同学表演下来，耗时甚多，最后老师不得不站出来疲倦地说，想不到同学们如此多才多艺，天色已晚，今天就到这里吧，没轮到的同学，以后再找机会施展你们的才能吧。

很多人原准备一展宏图，不想却被剥夺了机会，悻悻不已。我坐在没轮上演节目的人群中，充满窃喜。计算起来，为了准备这个故事，大约花了一百个小时，此刻付诸东流，却很庆幸，反正布置的暑假作业，已不折不扣地完成了，我心安然。

有时想起这世界上唯一听过我讲侦探故事全本的小松树，该早已成林。如若有知，它们中的一两株也许能成为森林中的福尔摩斯吧？

被老师读作文的时候

　　我小的时候，作文很好。主要是我爱写得与众不同。比如说老师出了个作文题，叫"一次谈话"。一般的同学写的都是自己做了一件错事，被爸爸妈妈或是其他的长辈批评了一顿，于是铭记在心等。也有写同学之间闹了点小误会，一谈心就和解了的。这两种写法我都想到了，可我想写一次更奇妙的谈话。想啊想啊，我就设想通过电话同一位非洲的黑人小朋友谈话，谈他们的苦日子和我们的幸福生活。其实这个想法有很不合理的成分在内，一个当奴隶的黑孩子怎么会有电话呢？但当时是小学生的我，可想不到这么多，只顾按照自己的想象写下去。

　　教我们语文的王老师是山东大学中文系毕业的，对我这些有漏洞也有一点新意的小作文，给了很好的评语。王老师不止一次给我的作文批过"5+"的分数，还经常在课堂上读我的作文。

　　被老师读作文的时候，心情像一颗怪味豆。最初当然是甜的了，哪个学生不愿意受到老师的夸奖？可慢慢地，咸味和涩味就涌上心头。

　　首先是我觉得自己写得很不好，应该写得更好一些。特别是老师那些表扬的话，仿佛椅子上堆满了图钉，叫人不敢坐踏实。

最主要的是下课以后，同学们的神气怪怪的，"哦——哦——老师又用时传祥淘粪的勺子刳（夸）毕淑敏啦！"那时候我们刚学过一篇淘粪工人的课文，在北方话里，"刳"与"夸"同音。全班同学好像结成了孤立我的统一战线，跳皮筋，两边都不要我。要知道平日里，因为我个子高，跳得又好，大伙都抢着跟我一拨呢！我和谁说话，她会装作没听见扭身走开，然后故意跟别的人大声说笑，一块儿边说边看着我。

在我幼小的心里，第一次懂得了什么叫孤独，什么叫嫉妒。

这样的日子一般持续两三天就会过去，一来是孩子们毕竟小，容易健忘。二来我那时是大队长，人缘挺好，大伙有事都爱找我。

作文每两周讲评一次，我便要经受一次精神的炼狱，怎么办呢？

我想到的第一个办法是：从此不要把作文写得那样好。我开始挺随意地写作文，随大流，平平淡淡。果然，王老师不再念我的范文，同学们也和我相亲相爱。正在我很得意的时候，王老师找我了，"你的作文退步了，是不是骄傲了？"我执犟地保持沉默，不是不愿意告诉老师原因，而是不知道怎么说。假如我说了，老师会在班上把同学们数落一顿（她会的，她的脾气很急躁），那我的处境就更糟了。

我讨厌打小报告、告密的人。

王老师苦口婆心地开导了我半天，虽说不是对症下药，我还是受到了教育。我想不能这样下去，我不应该用学习赌气。于是我又开始认认真真地写作文，争取每一篇都写得不同凡响。王老师是满意了，可同学们敌视我的恶性循环又开始了。就没有一个万全之策吗？

我小小的脑筋动了又动，我发现同学们并不是讨厌我的作文。老师念它们的时候，大伙听得津津有味，不时还发出会意的笑声，同学们只是不喜欢老师反反复复只提一个名字：毕淑敏。

在我年长以后，我知道在心理学上，这种情况叫作"压抑"。同学们为了宣泄自身的情绪，把不满的火焰转移到了我的身上。我当时自然是不懂这些的，我只觉得自己按老师的要求好好学习，并没有得罪谁，为什么大家伙要和我过不去？又要写好作文，又要和大家处好关系，小小的我好累！

我终于想出了一个办法。

在一个冬天的中午，我走进教师办公室。我记得清清楚楚，办公室的炉火烧得很旺，炉台上方有飘飘袅袅的热空气在流动，王老师的身影像在一幅水帘子后面。

心里的话已经憋了很长时间，下午又有作文课，不说不行了。

我小心翼翼地说："王老师，我最近的作文有进步了吗？"

退回三十年，老师的威严比现在要强大得多，我的这个办法非得老师答应才成，因此心里发虚。"噢，你近来写得不错，今天下午我还要读你的作文。"王老师说。

"我有一个小小的请求……"我战战兢兢地说。

"什么事，你说好了。"王老师的眼睛明亮地注视着我。

"我想……您念我的作文的时候……是不是可以……不念我的名字……"我鼓足勇气说完蕴藏心中许久的话。

"为什么？我当了这么多年的老师，还是第一次听到这种要求，你总不能让同学们觉得那是一篇无名氏写的东西吧？"王老师有些不耐烦了。

我知道王老师会这么说的，要说服她可不是一件容易的事，索性一不做二不休，我镇静下来，一板一眼地说："我觉得您读谁的作文，主要是看文章写得好不好。至于是谁写的，并不重要。不说名字，您让大伙讨论的时候，没人拘着面子，反倒更好说意见了，我也好给我自己的作文提不足之处……"

我说的都是实话，只是最重要的理由我没有说：我想为自己求一份心灵的安宁。

"你说的有一些道理，好吧，让我们下午试一试。"王老师沉吟着答应了。

那天下午的情形，一如我小小的心所预料的，同学们充满了好奇，发言比平日热烈得多。下课以后，我和大伙快活地跳皮筋。

"嗨！毕淑敏，今天念的范文是你写的吧？"有人问我。

"还能老是她写得好哇？我看今天一准是旁人写的。"有人这样说。

我一概只笑不回答，问得急了，我就说："我猜像是你写的。"

从此以后，我的作文越写越好，和同学们也能友好睦邻。

我至今不知道这算是少年人的机智还是一种早熟的狡猾，它养成了我勤奋不已而又淡泊名利的性格。但长大以后，看到一则名人名言，"走自己的路，让人们说去吧！"我想那是一种更积极更勇敢的生活态度。只是我小时候就是听到了这句教导，也未必敢照着去做，因为我是太珍视同小朋友们无忧无虑跳皮筋的机会了。

牛皮筋，猴皮筋

　　我小的时候，女孩子都兴跳皮筋。一种是浅砖红色的小橡皮圈，便宜，一分钱可以买三个，但是不结实，叫猴皮筋。一种是柠檬黄色的橡胶圈，凉粉样的半透明，弹性很好，叫牛皮筋，但是价钱要贵一点，一分钱只能买一个。不管是哪一种皮筋，串的时候都要用双层，要不就容易断。比如你正跳到"大举"，就是两边抻绳的小朋友，拼命把手臂举得高高，把皮筋套在中指尖上，高度少说也有一米五。起跳的小朋友奋力踢出长腿，猛地一跃……大家正准备看精彩的一瞬呢，"啪"的一声，皮筋断了，你说扫兴不扫兴？！

　　那时候，谁要是有一副好皮筋，可真是值得骄傲的事情，就像古代的将军有一匹好马一副好盔甲似的。

　　可是有一副好皮筋很难，家里一次不给那么多的零花钱，给个五分一毛的，一想何时才能攒够长长的一条皮筋呢？就忍不住买糖买冰棍了。

　　为了跳皮筋，我们就想出许多代用的法子，比如把旧轮胎的内胆剪成条，接起来当皮筋。这种自力更生的产品倒是很结实，绝不会在你跳了一半时断掉。可惜它的弹性太差，又沉，跳的人和举的人都不爱用。再说，也不是什么人都搞得到汽车轮胎啊。

于是我们只有每年过春节的时候，才有希望得到一副新皮筋。因为那时大人们心情好，每个亲戚给点压岁钱，积少成多，就够买皮筋的了。

熬到夏天，我们就没法跳皮筋了，因为旧的已经跳断，新的还遥遥无期。

那一年，我们家新搬到一座楼房。第二天我和妹妹放学回家，突然眼前一亮。

送牛奶的叔叔正在卸牛奶瓶，把它们摆在大门口的窗台上。胖墩墩白晃晃的牛奶瓶，像一排雪人，笑眯眯地看着我们。每个牛奶瓶的脖子上，都围着一条彩色的围巾。

为了防止奶瓶的纸盖让风刮跑，奶厂在瓶上勒着一根皮筋，不但五颜六色，还是牛皮筋呢！

我和妹妹面面相觑，拼命压抑住自己的快乐。等送牛奶的叔叔一走远，立即扑上去，把每个雪人脖子上的围巾解下来，串成一条小小的彩链。

姐，一共有二十七个奶瓶，我们每天摘下二十七根牛皮筋，就算一个月有三十天，三七二十一……呀！用不了一个月，我们就会有一条长长的皮筋了！妹妹高兴得大叫。

妹妹计算得是不错，但我到底比她要大一些，而且是少先队的大队长，考虑得就全面多了。我看见一阵微风吹过，风像淘气的小手，把奶瓶盖上的纸片掀起了一个角，就什么也没说。

第二天放学早。作业刚写到一半，妹妹很神秘地对我讲，时间到了。

我说什么时间？

叔叔送牛奶的时间啊！咱们要是去晚了，奶瓶就被订牛奶的人拿走了。妹妹奇怪我怎么不明白。

我想了想，看见远处有一条美丽的皮筋在摇晃，就说好吧，咱们快去。

到了近前，我对妹妹说，你去吧。

她瞪着圆眼睛说，你为什么不去呢？

我说，我在一边给你看着有没有人来。

她说，这又不是偷，反正大人们把牛皮筋拿回去也扔了。

我说，甭管怎么着，咱还是小心点为好。

妹妹就一个人去撸牛奶瓶脖子上的皮筋，我站得远远的，若无其事的样子。要是有人从旁边走过，我就假装看路边的花。还好，一切正常。

以后，每次都是妹妹操作，我在远处像地下工作者似的望风。晚上，我俩一起把皮筋串起来，那根五彩的链子越来越长了。

终于有一天，一楼的老奶奶拉住我说，你倒挺乖的，可你要管好你的妹妹。她老是摘奶瓶上的皮筋，闹得奶瓶盖飞走了，牛奶里落进尘土。你是队干部，到底不一样，我就从来没看你摘过皮筋。

我害怕的事终于发生。本想承认错误，一听老奶奶这样说，反倒不好意思了。我说，这件事我不知道，我回去好好教育我妹妹。您就放心好了，以后再也不会有人摘您的皮筋了。我自信对妹妹有绝对的权威，她一定会听我的。没想到她把小辫一扭，说他们喝的是牛奶，又不是喝牛皮筋，我偏不！

我就换了一种说法。我说，你说得对呀，反正牛皮筋对大人们也没有用，你不去摘，大人们把牛奶拿回家，第二天把空瓶退回来的时候，牛皮筋还会勒在上面的，你再摘不迟，岂不是两全其美？

妹妹果然听了我的话，不去摘皮筋了。可惜大人们并不这样在意，他们在喝牛奶的同时，把皮筋也丢掉了，妹妹只取回来几个彩色的小环。她说，哼！明天我还要抢先去摘！

这可怎么行？我怎么向老奶奶交代！我强硬地说，不许你去！

她也不示弱地说，就去！你尽让我当坏人你当好人！

没想到她看起来挺傻，其实什么都知道！我叹了口气说，你怎么就不想想，牛奶脏了人家可怎么喝！

妹妹的脸涨得通红。

在以后的日子里，妹妹果真不去摘牛奶瓶上的牛皮筋了。但她会在写完作业之后突然失踪，连我也不知道她去了哪儿。不管那么多了，只要没人向我告状就行。

有一天，妹妹突然对我说，姐，帮帮忙。说着她掏出一大把牛皮筋，堆得像座小山。哪里来的？我大吃一惊。

你那天说了我，我觉得你说得对，你为别人想得比我多。可我实在是太喜欢这些牛皮筋了，每天写完作业以后，我就把牛奶一瓶瓶送到订牛奶的人家去。对他们说，爷爷奶奶叔叔阿姨，我把牛奶给你们送来了，你们把皮筋给我好吗？喏，就这样。几次以后，他们就说，不用你来送牛奶，我们上楼时顺便就带回来了，你快回家做作业吧，皮筋我们给你攒着！嗨，今天就是我收获皮筋的日子。妹妹说。

我帮着妹妹把牛皮筋串起来。哦，红的，蓝的，绿的，黄的……像一条五彩缤纷的带子，好长好长。

我一向是看不起妹妹，觉得她连个小队长都不是。这一回，我深深地惭愧了。

十三岁时，我在北京和平门附近的一所寄宿学校读书。每天早上6点钟，一骨碌爬起来，到操场上去"晨练"。9月份刚开学的时候，天色还算亮，可以打排球做体操。随着树叶一天天凋落，黎明越来越晚，早晨6点天还是黑的，眼睛都看不清球落在何方，只能跟着朦胧的白光瞎比画。终于有一天，老师说，从明天开始，长跑！

我们的校园不算小，但对于长跑来说，还是狭窄了点。老师又说，你们出了校门，顺着小胡同往西，朝宣武门跑，跑到51号就弯回来。

第二天一大早，我们集合在大门口。平日纪律挺严，出校门都得生活老师签条，现在放我们单独活动，大家兴奋得不行。看见橘红的路灯缠着初冬的雾气模糊地晃着，就笑个不停。

小胡同像一道灰色的裂缝，静谧地趴在黑色的城垛边，护城河水黏稠地流动着，没有一丝声响。开始跑了，我们幼嫩而整齐的步伐，像手指一样从一家家低矮的门前掠过。昏黄的屋灯一盏接一盏地亮了，有婴孩的哭声从院落深处传出。那时我们还小，不知歉疚，觉得自己既出来锻炼，全世界的人都该陪我们一道醒来。我们得意地大嚷"一、二、三、四"，把古老的小胡同震出一缕缕烟尘。

跑呀跑，渐渐地不那么轻松了，喉头凹陷的地方好像嵌了一枚咸而苦的话梅。胡同幽黑的角落散发出催人欲眠的气息，脚下石砖的接榫处像一个个早已掘好的陷阱，挫痛我们的脚趾。我们开始怨怼胡同的漫长，喘息地拧着脖子，在残破的标牌里搜寻 51 号。

51 号终于像灯塔跳进我们的瞳孔，立即折返，往回跑。

哎！慢着！班长像拦惊马一般阻住我们。

为什⋯⋯么？我们吐着白气，愤怒地质问。

老师说了，这趟胡同共有三个 51 号，要跑到最后一个才能返回！班长斩钉截铁。

我们一下子傻了，班长是老师的钦差大臣，谁敢违背？！只有⋯⋯再接着⋯⋯跑吧。

我们在窄小的胡同里踢踢踏踏地向前，垂头丧气，速度倒比较均匀了。天在我们的背后淡淡地亮了，有老人端着污水，推开咿呀的街门走出来，见我们愣头愣脑地跑着，就护着盆沿，很小心地贴着墙，说：这些孩子这些孩子⋯⋯有车铃铛很脆亮地在我们后面追着响，我们仗着人多，不理它。它就像铜锣一样震耳地击打着，从我们的身边蛇行蹿过去。

第二个 51 号一闪而过，那是一座黑漆大门。我们漠然地擦过它，继续向前。

跑不知远近的路，最觉漫长。宣武门的门楼把天幕剪出巍峨的黑洞，好像永远也不肯走近我们。

第三个 51 号在我们完全没有提防的时候突然出现，那是一个破败的小蓝门，好像从来没有人居住似的。那时候北京胡同的门牌很乱，这个标牌同别的标牌不一样，字码带着洋韵。

我们快活地叫着，拍了一下小蓝门就往回跑。那扇门很结实，纹丝不动地目送着我们。

　　回去的路就轻快了不少，也许是经历过了长跑的疲劳极限，也许是走老路要比走新路简单得多。

　　因了返回是迎着晨曦跑，胡同已在明亮中失去了灰黑的轮廓，融入都市的喧嚣之中。行人中有拎锅打豆浆的，有用二拇指勾着焦圈的，倒煤渣的老爷子一边走一边翻捡着簸箕，凑着亮想再找出一两块没烧透的煤核儿。公共水管子跟前，聚着一小撮人，满嘴围着白沫子还在牙刷的间隙里聊天⋯⋯

　　那个冬天，贴着城墙的这条小胡同里的第三个51号，真是我们心中的吉祥物。那扇永远不曾开启的小蓝门，给了我们渐渐强健的体魄和毅力。我总在想：门的背后是什么？

　　春天里的某一天，老师宣布说，全班人天天跑到胡同里的第三个51号，大伙儿的路程加在一起，可以到达阿尔巴尼亚的地拉那啦！

　　于是我知道了，在北京和平门到宣武门的这条小胡同里，推开第三个标明51号的小蓝门，是一个我完全陌生的地方。

积木别墅

人的血液里，流淌着热爱盖房子的愿望，证据是我们从小就爱玩积木。

那是一些多么美丽的小木块啊！方的、长的、绿的、黄的、腰鼓状的、半球状的……新积木紧紧地镶在漂亮的纸盒子里，上面有一张折叠的纸。

那是图纸，孜孜不倦地告诉我们，用盒子里的这些材料，可以搭出怎样的建筑。

纸上的模型自然是很精彩，但属于我的那些积木，直到尖锐的棱角磨得圆钝，表层的彩漆脱落尽，都没有一次按图索骥被组装成纸上的模样。

我不喜欢现成的图案。纸上已经画出来了，就像挖掘好的河道，思维的小船只能在里面慢慢飘。那我们就降为工匠，而不是设计师了。

有一次幼儿园里举行搭积木比赛，要求是用尽给你的积木，搭一所好看的房子。

我趴在桌上，将我的那堆积木看了半天，然后很快开始干活。我把一块红色的长方形积木和一块同样形状的绿色积木，并排立起来，它们就组成一个别致的正方形。然后，把一个金色的三角形搁在上面，第一间小房子就宣告竣工。

我依次还搭了一些同样分散而小巧的建筑。精致的小亭子，带钟表的小阁楼……最后我还剩了一块淡蓝色的柱形积木，不知道干什么用好，就把它直直地戳在建筑群的正当中。

比赛时间到了，我偷着觑了一眼旁边的小朋友，那是一个胖胖的男孩。

他倾其所有的家当，搭了一座牌坊似的塔楼。风一吹，扇形的积木墙就摇摇晃晃。他乍着两只手，既不敢扶，又不敢不扶，悬空护卫着他的作品。

老师走到我的部落前，说，你搭的这是什么呀，是别墅吗？这么浪费地方！

这是我生平第一次听到"别墅"这个名词。

她接着拨拉那块矗立着的淡蓝色小积木，又说，你怎么剩了一块砖？

我说，那不是砖。

老师说，那你说说它到底是什么？

我说，是一个人啊，他正好从房间里走出来，要穿过这个小月亮门到拱桥上去……

老师仔细地听完了我的解释，然后公布说我的邻桌是此次比赛的第一名，而我是最后一名。

胖男孩得意地望着我，我惭愧地一把将自己的别墅晃倒。

他的高楼也应声倒了。没有人碰它，高楼弱不禁风。

随着年龄的增长，我也终于明白了自己的不合时宜。我们的国家土地那么少，人口那么多，普通人哪里能享得别墅的奢侈？

我在地震的年代重新看到了胖男孩，他变得很消瘦，在一家工厂当工人。

一夜之间，起了那么多的防震棚，各家各户的男子汉好像都是上好的建筑师，因陋就简，顺手牵羊，拆了东墙补西墙……人们一时间焕发出惊人的聪明才智，各家的小房子像雨后的毒蘑菇，色彩斑斓，争奇斗艳。

我站在他搭的小房子里，身旁是用裁了图钉后剩的洋铁板钉成的窗户。那边角碎料，通常是用来做简易暖瓶的外壳的，制成窗户，别有一番情趣。

我原以为阳光透过这种"玻璃"，还不得切割得支离破碎，在地面留下麻子一般的光点？其实完全不是这样。

强烈的阳光穿过铁皮的空隙，倏地变淡了，好像钻进一层镂花的窗帘。它均匀而温柔地散在不久前还是旷野的土地上，使没有铲净的小草根渗出嫩绿。

这样简易的窗户自然是没有纱窗的。寒暄之后，我问主人，铁皮上这么大的窟窿眼，得飞进多少苍蝇蚊子？

主人说，苍蝇飞不进来。

我说，不能吧？这么大的洞，挤一挤，两只苍蝇可并排通过。主人笑了，说，苍蝇没有人聪明，它们不会抿了翅膀飞。所以无论从理论上讲还是实践验证，我这间自盖的小窝棚里，从没飞进过苍蝇。

我不甘心地问，那么蚊子呢？

主人叹了一口气说，假如晚上点灯，蚊子见了亮，就会飞进来。

我说，假如摸黑坐着，蚊子就不会来了吧？

每一次卓越
都来自
倔强的孤独

主人说，也不行，蚊子能闻见人血的气味，照样飞进来咬你。

我说，那就只有在棚子里多喷点杀虫药了。

主人苦笑了一下，说，四面漏风的小房子，药味早就随风飘散了。

我说，那就搬回正经房子里住吧。

他说，搬不回去了。弟弟已经用他俩合住的房子结了婚，新人说，他们不怕地震，只怕没房。

我不知再说什么，主人反过来安慰我。他说，住在自己亲手盖的房里，再小也令人得意。假如有了足够的地方，足够的材料，他能盖一栋最舒适的房子。通过这回实地操作，他发现自己的手艺挺不错。

就盖一座你当年挨了批评的别墅吧。他用玩笑结束了自己的话。

他还记得那件事，他还是那么地爱盖房子！

又是许多年过去了，社会在不断地进步着，我们已经可以比较自由地选择我们的食物、衣服、发式和室内的装饰（假如不是太奢侈的话）。

我再没有见到那个原先很胖后来消瘦了的邻桌。有时在夏天有蚊子飞过的夜晚，看到很壮观的高楼，或是很精巧的别墅，我就会想起他。

但愿将来有一天，他能按照自己的愿望，盖一座理想中的房子。

怕见老师

怕见老师。

这念头像暗礁，潜伏于思维的海岸。表面上风平浪静，但若有同学提议去看老师，我必积极附议。同老师相处的聚会，我也谈笑风生。只有在独自面对月夜的时候，我的心灵才像声呐一样，捕捉到它黑黢黢的暗影。

不要以为我曾经是一个坏学生。恰恰相反，在所有做学生的日子里，我都品学优良。

各科老师都曾对我寄予厚望，犹如老农，把他金色的理想，托付给一颗饱满的种子。

毕业了，我辞别他们而去。从此，苍茫的时间和地域，横亘在我们之间。

未知是幻想美丽的翅膀，可以猜测，可以期望，可以用鲜花装饰铺满荆棘的道路，可以把雀翎插在普通家鸡的尾上……

但现实是一把刈割的镰刀，把善良的愿望像韭菜似的一茬茬剪去，残酷地烹煮到糟烂如泥。为人师表的先生们是极懂得这个道理的，因此教我们不要好高骛远，不要追求一蹴而就……但轮到他们自己，却把无限的希冀，附丽于弟子的未来。

在老师们目所不及的地方，我经受磨炼，涉过水火，历尽艰辛……我在暗处流着眼泪，我发觉这个世界同老师描述的那个世界如此不同……我把种种苦难同我的朋友交谈，但从不让我的老师们知道。我希望在他们眼中，我永远是那个聪明上进谦逊的女孩，我永远不会哭泣不会退缩不会消匿勇气……

然而人们对于成功的渴望是没有尽头的，犹如商人对于金钱，沙漠对于泉水……老师对于学生的成就永不满足，他们像没有听到故事结局的孩子，瞪着眼睛问你：还有呢？

假如一个学生曾经顽皮，曾经吵闹，曾经不及格，曾经逃过学……老师对他就比较客观比较宽容。当那个孩子终于成长起来，取得了某种业绩，老师的心就像浅浅的茶杯，快活地溢出来，说：没想到，没想到啊……

对于好学生，老师则像大胆的预言家，什么都想到了，他把不敢对自己孩子寄予的厚望，慷慨地安置在你的肩上。他"大言不惭"地向众人宣布他为你规划的蓝图，连你自己都听得汗颜……

这是一只沉重的篮子，老师甚至把自己年轻时未竟的抱负都一股脑儿装在里面，送给了好学生。

真想把这只篮子随手遗失在生命的某一处路口。现代人的负担太重了，哪里还腾得出手提这只古老的篮子！

但是，你不能。因为你从小是名好学生，好学生是要听老师的话的。

于是，怕见老师。我自知无论怎样努力，距离他们的要求也太远太远。我不愿鬓发苍苍的他们为我叹息，我不愿诉说苦难以求得到谅解。我渴望他们对我的期望永远在高山之巅毫无瑕疵地闪烁，我喜欢

那种略带苍凉的可望而不可即……

作为从小就乖就说话算话的好学生，便对一位又一位的老师，应允了太多的承诺。这是一张签了字画了押的心灵债券，从此浪迹海角天涯，你无以逃脱。

因此，怕见老师啊，怕见教师！

每一次卓越
都来自
倔强的孤独

你是我心头的朱砂

　　我上学的第一任老师，是位美丽的女子，那时候她还没有孩子。没有孩子的女子，对别人家的孩子，要么是厌烦的，要么是喜欢的。我的老师，属于后面的那一种。喜欢孩子的人，要么是特别的和蔼，要么是特别的严厉。我的老师，是两手都硬的那一种。

　　我 1959 年就读于北京海淀区建设小学，入一年级一班，班主任是白玉琴老师。一天上语文课，白老师讲《小猫钓鱼》。她把课文念完之后，提问大家谁能复述一遍。这对刚刚上学的我们来说，有难度，课堂里一时静若幽谷。我那时梳着齐眉娃娃头，一缕湿发遮住了眼帘，汗水淋淋的我顺手捋了捋头发，白老师立刻大声说："好啊，毕淑敏愿意来回答这个问题，请起立。"我魂飞胆战，当下想以后哪怕是头发把眼珠刺瞎了，也不再捋头发。我恍若慢镜头一样起身，企图拖延时间以想他法。也许因为我动作太慢，白老师在这个当儿另起了主意。她说："毕淑敏站到讲台上来，面向大家复述课文。"

天啊！

没有任何法子对抗，我只好拖着双腿，像老爷爷一样挪向讲台，咬牙切齿痛下决心，以后剃成个秃瓢，永不留发。从课桌到讲台的那几步，是我七年人生中最漫长的荆棘之旅。然而无论怎样蹒跚，总有到了尽头的那一刻，我只好战战兢兢地开始了回答。

如何下的课，全然忘却。以上是我开蒙之后记忆最深的一件事。

开蒙，古时指儿童入书塾接受启蒙教育，现如今泛指儿童开始上学识字。我觉得像读书识字这类属于心智萌发的事件，应该有一个庄严的启动仪式，让小小的心灵里，刻骨铭心地记住这一瞬的惊诧和感动。可惜现在的孩童，多半很早就稀里糊涂乱七八糟地开始识字了。或许是多嘴多舌、随心所欲的爷爷奶奶外公外婆，或许是望子成龙、崇尚笨鸟先飞的父母，在孩童猝不及防的时候，就轻易地开始教他们识字。闹得孩子们对于字，就像少年面对随意暴露身姿的异性，难以建立起斩钉截铁的敬畏，淡薄了欣喜若狂的爱惜。甚者如那没有成年就发动的早恋，在初春就消耗了夏天的炎热。

早年的开蒙礼，也称"破蒙"。"蒙"是"蒙昧"之意，指未开化状态。一个带有裂帛之声的"破"字，仿佛不识字是一顶坚硬的钢铁帐篷，压抑幽暗，需一柄寒剑横空刺穿，透进万千气象。据说开蒙礼上，要由礼官为即将入学的孩子们，在额头点一粒大大的朱砂眼。点眼的具体位置是在鼻根上方印堂的中央，名曰"开智"，象征着这孩子从此脱离了茫昧的混沌，睁开了天眼。朱砂色艳如血，闪金属般的光泽，美艳无比且触目惊心。之后是孩童学写"人"字，谢师恩，开笔石上练字，初背三字经……破蒙如同破晓，人生从此曙光乍现。

为什么要用朱砂点化出一只新眼？朱砂原是一味药，镇惊安神祛风辟邪。这第三只眼，到底是个什么性质的器官呢？倘取一把解剖刀，从人的额头探进脑腹，深入两寸，会见到一个貌似松果的东西，重约三两，现代医学就称它为"松果体"。松果体是重要的内分泌器官，更有人说它就是人类灵魂居住的地方。有研究认为，松果体内有退化了的视网膜，具有成像功能。即使闭上双目，它仍在活动，仿佛液晶电视的屏幕，显现奇异风景。

古人最初设计开蒙礼的时候，为什么选了猩红的朱砂和神秘的额头中央？或许指的是人们识得了文字，从此可以阅读古今中外圣贤之言，便为灵魂塑造了一只穿云破雾、洞察秋毫的心眼。于是它身居要位，统摄周身。

《小猫钓鱼》后，我听白老师对别人说："我从来没有看到过这样好记性的孩子，居然把整篇课文复述得几乎一字不差。"几十年后我重回母校，有年轻老师对我说："白校长（白老师已成为校长）至今还会说起当年的你，是多么聪慧……"

时至今日，我常在想，自己并不聪明，那一日表现尚好，看似偶然，也许是心中的蠢动，跃跃欲试使然。细心的白老师看穿了一个畏葸的女孩乔装打扮后的渴望，温暖地推动了孩子的尝试。老师的鼓励，让一个不自信的幼童，感觉到了被重视、被喜爱的欢欣。这种获取知识的快乐，将伴随终生。

我上学时没有举行过开蒙礼，白老师就是我猩红的朱砂。

时光、情感和忽然失去的朋友

我至今不明白，为什么老师看不出我是在练习一件新本领的时候失败了，却认定我是在重复一个旧过程时的愚蠢？

谁是你的重要他人

　　她是我的音乐老师，那时很年轻，梳着长长的大辫子，有两个漏斗一样深的酒窝，笑起来十分清丽。当然，她生气的时候酒窝隐没，脸绷得像一块苏打饼干，木板样干燥，很是严厉。那时我大约十一岁，个子长得很高，是大队委员，也算个孩子里的小官，有很强的自尊心和虚荣心了。

　　学校组织"红五月"歌咏比赛，要到中心小学参赛。校长很重视，希望歌咏队能拿好名次，为校争光。最被看好的是男女小合唱，音乐老师亲任指挥，每天下午集中合唱队的同学们刻苦练习。我很荣幸被选中，每天放学后，在同学们羡慕的眼光中，走到音乐教室，引吭高歌。

　　有一天练歌的时候，长辫子的音乐老师突然把指挥棒一丢，一个箭步从台上跳下来，东瞄西看。大家不知所以，齐刷刷闭了嘴。她不耐烦地说，都看着我干什么？唱！该唱什么唱什么，大声唱！说完，她侧着耳朵，走到队伍里，歪着脖子听我们唱歌。大家一看老师这么重视，唱得就格外起劲。

　　长辫子老师铁青着脸转了一圈儿，最后走到我面前，做了一个斩钉截铁的手势，整个队伍瞬间安静下来。她叉着腰，一字一顿地说，毕淑敏，我在指挥台上总听到一个人跑调儿，不知是谁。我走下来一个人一个人地听，总算找出来了，原来就是你！一颗老鼠屎坏了一锅汤！现在，我把你除名了！

我木木地站在那里，无法接受这突如其来的打击。刚才老师在我身旁停留得格外久，我还以为她欣赏我的歌喉，唱得分外起劲，不想却被抓了个"现行"。我灰溜溜地挪出了队伍，羞愧难当地走出教室。

那时的我，基本上还算是一个没心没肺的女生，既然被罚下场，就自认倒霉吧。我一个人跑到操场，找了个篮球练起来，给自己宽心道，嘿，不要我唱歌就算了，反正我以后也不打算当女高音歌唱家。还不如练练球，出一身臭汗，自己闹个筋骨舒坦呢！这样想着，幼稚而好胜的心也就渐渐平和下来。

三天后，我正在操场上练球，小合唱队的一个女生气喘吁吁地跑来说，毕淑敏，原来你在这里！音乐老师到处找你呢！

我奇怪地说，找我干什么？

那女生说，好像要让你重新回队里练歌呢！

我挺纳闷，不是说我走调厉害，不要我了吗？怎么老师又改变主意了？对了，一定是老师思来想去，觉得毕淑敏还可用。从操场到音乐教室那几分钟路程，我内心充满了幸福和憧憬，好像一个被发配的清官又被皇帝从边关召回来委以重任，要高呼"老师圣明"了（正是瞎翻小说，胡乱联想的年纪）。走到音乐教室，我看到的是挂着冰霜的"苏打饼干"。长辫子老师不耐烦地说，毕淑敏，你小小年纪，怎么就长了这么高的个子？！

我听出话中的谴责之意，不由自主就弓了脖子塌了腰。从此，这个姿势贯穿了我的整个少年和青年时代，总是略显驼背。

老师的怒气显然还没发泄完，她说，你个子这么高，唱歌的时候得站在队列中间，你跑调儿走了，我还得让另外一个男生也下去，声部才平衡。人家招谁惹谁了？全叫你连累的上不了场！

我深深低下了头，本来以为只是自己的事，此刻才知道还把一个无辜者拉下水，实在无地自容。长辫子老师继续数落，小合唱本来就没有几个人，队伍一下子短了半截，这还怎么唱？现找这么高个子的女生，合上大家的节奏，哪儿那么容易？现在，只剩下最后一个法子了……

老师看着我，我也抬起头，重燃希望。我猜到了老师下一步的策略，即便她再不愿意，也会收我归队。我当即下决心要把跑了的调儿扳回来，做一个合格的小合唱队员！

我眼巴巴地看着长辫子老师，队员们也围了过来。在一起练了很长时间的歌，彼此都有了感情。我这个大嗓门儿走了，那个男生也走了，音色轻弱了不少，大家也都欢迎我们归来。

长辫子老师站起来，脸绷得好似新纳好的鞋底。她说，毕淑敏，你听好，你人可以回到队伍里，但要记住，从现在开始，你只能干张嘴，绝不可以发出任何声音！说完，她还害怕我领会不到位，伸出颀长的食指，笔直地挡在我的嘴唇间。

我好半天才明白了长辫子老师的禁令——让我做一个只张嘴不出声的木头人。泪水憋在眼眶里打转，却不敢流出来。我没有勇气对长辫子老师说，如果做傀儡，我就退出小合唱队。在无言的委屈中，我默默地站到了队伍中，从此随着器乐的节奏，口形翕动，却不得发出任何声音。长辫子老师还是不放心，只要一听到不和谐音，锥子般的目光第一个就刺到我身上……

每一次卓越
都来自
倔强的孤独

小合唱在"红五月"歌咏比赛中拿了很好的名次，只是我从此遗下再不能唱歌的毛病。毕业的时候，音乐考试是每个学生唱一支歌，但我根本发不出自己的声音。音乐老师已经换人，并不知道这段往事。她很奇怪，说，毕淑敏，我听你讲话，嗓子一点儿毛病也没有，怎么就不能唱歌呢？如果你坚持不唱歌，你这一门没有分数，你不能毕业。

我含着泪说，我知道，老师，不是我不想唱，是我真的唱不出来。老师看我着急成那样，料我不是成心捣乱，只得特地出了一张有关乐理的卷子给我，我全答对了，才算有了这门课的分数。

后来，我报考北京外语学院附中，口试的时候，又有一条考唱歌。我非常决绝地对主考官说，我不会唱歌。那位学究气的老先生很奇怪，问，你连《学习雷锋好榜样》也不会？那时候，全中国的人都会唱这首歌，我要是连这也不会，简直就是白痴。但我依然很肯定地对他说，我不唱。主考官说，我看你胳膊上戴着三道杠，是个学生干部，你怎么能不会唱？当时我心里想，我豁出去不考这所学校了，说什么也不唱。我说，我可以把这首歌词默写出来，如果一定要测验我，就请把纸笔找来。那老人居然真的去找纸笔了……我抱定了被淘汰出局的决心，拖延时间不肯唱歌，和那群严谨的考官们周旋争执，弄得他们束手无策。没想到发榜时，他们还是录取了我。也许是我一通胡搅蛮缠，使考官们觉得这孩子没准儿以后是个谈判的人才吧。入学之后，我迫不及待地问同学们，你们都唱歌了吗？大家都说，唱了啊，这有什么难的。我可能是那一年北外附中录取的新生中，唯一没有唱歌的孩子。

在那以后几十年的岁月中，长辫子老师那竖起的食指，如同一道符咒，锁住了我的咽喉。禁令铺张蔓延，到了凡是需要用嗓子的时候，我就忐忑不安，逃避退缩。我不但再也没有唱过歌，就连当众发言演讲和出席会议做必要的发言，都会在内心深处引发剧烈的恐慌。我能躲则躲，找出种种理由推脱搪塞。会场上，眼看要轮到自己发言了，我会找借口上洗手间溜出去，招致怎样的后果和眼光，也完全顾不上了。有人以为这是我的倨傲和轻慢，甚至是失礼，只有我自己才知道，是内心深处不可言喻的恐惧和哀痛在作祟。

直到有一天，我在做"谁是你的重要他人"这个游戏时，写下了一系列对我有重要影响的人物之后，脑海中不由自主地浮现出长辫子音乐老师那有着美丽的酒窝却像铁板一样森严的面颊，一阵战栗滚过心头。于是我知道了，她是我的"重要他人"。虽然我已忘却了她的名字，虽然今天的我以一个成人的智力，已能明白她当时的用意和苦衷，但我无法抹去她在一个少年心中留下的惨痛记忆，烙红的伤痕直到数十年后依然冒着焦煳的青烟。

翻译时间

　　儿时上算术课，书上有一章叫作"认识钟表"。那时手表是奢侈的富贵物，老师不忍用自家的宝贝做示范，就拎来一只双铃闹钟，怕坐在后面的同学看不清，还特地制作了教具——一个用马粪纸裁成的比脸盆还要大的圆板板，上面用红墨水显著地割为十二等份，表示时间的刻度。在马粪纸的中轴部位，用粗麻线牢靠地钉着两枚箭矢状的纸条，代表时针和分针。

　　老师耐心地旋转指针，苦口婆心地教我们认识钟表。它的实质就是把马粪纸上的一段距离与冥冥中的时间等同起来，把"箭"的位置翻译为"某时某分"。

　　这当然不是什么了不起的知识。但在那时，父母腕上的那个铁疙瘩，是个神秘的物件。他们下班回来的头一件事，就是把手表抹下来，放在小孩够不到的地方，然后才是洗手喝茶干别的事儿。有一回，我把爸爸的表从书架上碰了下来，表壳砸地时惊心动魄的声响，使我肇事的那只手像冰雕似的悬在空中。我挤紧了眼睫毛，甘心领受一顿惩罚——谁叫我把宝贵的手表给摔了呢！爸爸走过来，拾起那只表，我也凑过头去看。恐惧使我眼花缭乱，看不到秒针的走动，觉得它凝固如化石。幸好我的耳朵很灵敏，明明白白听到了它细碎均匀

的喘息。爸爸说，不必那么紧张，这表防磁防震，甚至可以用来砸核桃。

也许是因了刻骨铭心的恐惧，使我很快掌握了有关钟表和时间的概念。爱好并不是最好的老师，恐惧比它更有力量。

我有一个同学的奶奶，每天腕子上都戴着表，不过有一半日子表把儿朝着肩膀的方向，老人家蒸馒头，总是约莫着来。锅里多放些水，然后就放心干家务。有一次，一屉蒸了五十分钟还没有出锅，我说，奶奶，馒头早熟了！老太太一边剪着窗花一边说：小孩子家，知道什么时辰？！

她的孙女就遗传了这个毛病，也不识表，老师一提问就掉眼泪。那时我就想，要是发明一种表，不用指针，把时间直接印出来，该多么好！小朋友们都说我瞎想。

在一个晴朗的早上，电子表突然像冰雹一样从天而降。在物美价廉等种种优点之外，我最欣赏的是它的液晶数字显示方式。它用清晰跳荡的阿拉伯数码，一针见血地告诉我们时间。

但人们显出奇怪的好恶，认为过于明了的事物，是低贱的象征。他们叠床架屋地在液晶上镶古色古香的表盘，一切都恢复经典钟表的模样。除了那个红秒针像木偶似的一蹦一动，我们已分辨不出电子表和机械表的区别。

于是今日的孩子还是孜孜不倦地学习认识时间，正确地讲是认识表盘。按每个孩子需学习一小时计算，全世界便要耗费几十亿个钟点。

为了认识时间，我们必须先付出时间。

我们真切地觑到了时间的本来面目，撩开了它的面纱。我们却

又嫌弃它过于淳朴的面庞，失望地轻轻遮盖。是不是那跳荡的指针太赤裸裸迫近生命的终极，让我们感觉到时间的严酷？是不是简明扼要的真实在许多情形下过于粗粝而阴冷，人们不约而同地趋向华丽的包装，将它们包裹得不那么棱角分明？

我们每天无数次地看表，把圆形分割的表盘换算成时间，源于我们心理上的约定俗成——时间是一个亘古不变的圆环。

时间其实是一去不复返的啊，液晶表义无反顾地律动，更接近绝对的真实。

每天，无数人一千次、一万次、一亿次地在表盘上换算着时间。这种翻译，浪费了时间，却给我们轻微的麻醉和朦胧的安宁。

而真正的时间，在我们不知晓的暗处，笔直向前。

鞋可以分成两大类，有带儿和没带儿的鞋。没带儿的鞋，穿起来方便，可跑不快。有带儿的鞋，穿起来费事，要弯下腰来系鞋带儿。可鞋带儿能把鞋和脚紧紧地固定在一块儿，好像焊锡的作用。人穿着系了鞋带儿的鞋，办事走路就利索多了。那平添的机敏与速度，就蕴含在小小的鞋带儿里面。

我小的时候不怕黑，不怕大的声响，最恐惧的一件事，就是系鞋带儿。那时上全托的幼儿园，刚开始是老师给系鞋带儿。我觉得这是世上最精巧的活，大人们的手指像变魔术似的，三缠两绕，就打出一个黑蜘蛛似的结。老师一边打结一边说，叫你们的家长甭买带带儿的鞋，怎么又买来了？一副很劳累的样子。于是我认定系鞋带儿是个苦活。

我决定自己学着系鞋带儿。我费了很长时间学打那个神秘的结。我先是把它拆开，这是很容易的一件事，但拆开之后完全不知道怎样再扭结到一块。我第一次明白了破坏一件东西是很简单的，要恢复它就复杂多了。要想靠毁坏某物来学会建造它，实在是很危险很艰难的事。不是不可以一试，是机会只有一次。

只好再去找老师。她嘟囔了一句，一个女孩子还这么淘，把鞋带

儿都蹬开了。然后就飞快地打那个宝贵的结儿。我目不转睛地看着她粗大的手指像掏耳朵眼似的比画了两下，那两根原本孤立的小黑蛇就死死地粘在一起了。

我觉得我记住了那个过程。我勇敢地第二次拆开了那个结，费了很长的时间练习，蹲在地上，直到头晕眼花。我用老师的打法，却打不成同样的结，只好试验其他新奇的打结法，结果要么完全不是一个结，鞋带始终是两根互不相干的面条。要么就是它们凝结得太紧密，像个破不出的谜语。面对死结，我用牙齿去咬。鞋带儿的滋味是微咸的，好像含着话梅。

我很想把自己的过失永远地掩盖过去，可是不行，午睡的时候我脱不下鞋，上不了床，只有带着死结去见老师。她粗暴地说："你怎么这么笨？连鞋带都不会解！"

我至今不明白，为什么老师看不出我是在练习一件新本领的时候失败了，却认定我是在重复一个旧过程时的愚蠢。

她的确是费了很大劲儿才解开了死结，有一瞬，她气得几乎要找剪子剪断它们。那一刻，我好害怕而且伤心，我觉得是我害了鞋带儿们。

我真正学会系鞋带儿，是在偶然间看到老师给别的小朋友操作这一过程时，我恰好站在老师的背后，一切都那么清晰明朗。我不知道应该算是自己太笨还是老师考虑得不够周到：平日她给我们系鞋带儿，都是蹲在我们的对面。而要学会某项技艺，你必须和老师站在同一方向。

我终于打出了一个惟妙惟肖的结，甚至比老师打的结还要紧，把脚背都勒疼了。我把脚跷得高高，仿佛要把经过我面前的人都绊一个跟头。鞋带儿快乐地耸立着，等着人们发现这一惊人的事件。但是可惜得很，无论我怎样暗示，大家都不表示惊奇。我只有到老师那里去毛遂自荐，我想就算别人都拿这件事不当回事，我的老师应该由衷地高兴。别的不说，起码她以后不用辛辛苦苦地为我系鞋带儿了。

老师看了我的鞋带儿一眼，又看了我一眼，说："你早就该会了。"

我立刻从成功之后的喜悦堕入冰河。我至今感谢我这位老师，她使我极幼小的时候就懂得了，有时候你自以为十分辉煌的成就，在别人眼里是理所应当的平淡。

当我学会系鞋带儿以后，就不再珍惜这个技巧。系鞋带儿很要紧的一条是两个端头要留得一样长。我渐渐地不再像初学那样将它们比画得如孪生兄弟，而是敷衍地一长一短随便挽两个结，任凭它们像断了一只翅膀的蝴蝶在我的鞋面上乱颤。

学会了偷工减料我很高兴，但鞋带儿开始反击。那个冬天，风寒冷得如同冰糖葫芦上亮脆的薄片，把人的手割出细碎的血口。我刚上学，要走很远的路。未系牢的鞋带儿像风筝飘带儿，挂在一块尖锐的石头上，那个大马趴摔得我脑浆至今还乱成一团。我懵懵懂懂爬起来，一时都不明白自己为什么要匍匐在这儿乘凉。好在那截鞋带儿并不忙着隐藏罪责，很招摇地在风中摆动着，让我刻骨铭心地记住它的重要。

不管我多么仇视它，我还是乖乖地将它重新系牢。冷空气把我的指关节变得同蜡烛一样硬，那个漫长的过程，比我一生用过的全部鞋带儿加起来还要长。

从此我再不敢忽视系鞋带儿这一类的小事。你疏忽了它，它绝不

会疏忽了你。你若不信，它就在你最洋洋得意的时候轻轻抖出一个花样，让你静静地躺在大地上清醒。

鞋带儿会断，断了的鞋带儿可以接起来，但接起来的鞋带儿就大不如从前了。首先是它不好使，接头会在每一个穿孔的部位疙瘩着不肯前进。再者是它不结实，会在你最需要登攀的时候訇然断裂，让你觉着似乎自己的脚在那一刹那突然脱落。

所以鞋带儿断了，我从不将就。别的都可补，鞋带儿不可补，赶快换新的。要赶路，结实最重要。

细细想，鞋带儿这个词挺妙。它是鞋子的带子，有了它你就可以时刻把鞋带在身边。

有的时候，我们跑得不快，只是因为我们没把鞋带儿系好，或许那原本就是一双没带儿的鞋。

苍蝇
向何处而飞

　　从小我就知道自己是个笨手笨脚的女孩，最显著的证据就是我打不到苍蝇。看那家伙蹲在墙上，傲慢地搓着手掌，翅膀悠闲地打着拍子，我咬牙切齿地用苍蝇拍笼罩它，屏气，心跳欲炸。长时间瞄准后猛然扑下，苍蝇却轻盈地飞走了，留下惆怅的我欲哭无泪，悔恨自己竟被一只苍蝇打败。

　　甚至我第一次有意识地说谎，也同苍蝇有关。每年夏天，少先队都要开展打苍蝇比赛，自报数字。面对同学们几十上百的战果，我却只能报出寥寥几个，惭愧无比。想打杀更多苍蝇的心愿火烧火燎，但我遇到的苍蝇都狡猾无比，无论我瞄准多长时间，它必能抢在我落拍之前起飞逃窜，且定可逃脱。绝望之中，我确信自己先天性手脚搭配失灵，不然为什么人人都能轻易做到的事在我却如此艰难？为了面子好看，我开始虚构消灭苍蝇的数字，幸亏我学习不错，又是大队长，信誉还凑合，以致没人怀疑。可说了假话，终是恐惧，为了心里安稳些，下次看到苍蝇，我就闭着眼睛把蝇拍砸下，然后并不看打到没有，便扬长而去。这样报数时，压力轻些。

　　后来当兵，射击训练时手抖得像得了老年震颤症，三点无论如何瞄不成一线。老兵宽慰说，这对新兵很正常，练练就好，没什么稀

每一次卓越
都来自
倔强的孤独

奇。但我羞惭不已，四处检讨自己笨，一心想提前制造舆论，为实弹射击吃鸭蛋埋下伏笔，让大伙先有个思想准备，觉得本人打不中靶子理所当然。虽然后来我的射击成绩是"优"，开展争特等神枪手运动时，还是知趣地逃之夭夭。我固执地认为，那次好成绩纯属偶然，先天缺陷无药可治。

实习军医时，外科主任说，我看你反应快、素质好，培养你成为外科一把刀如何？那时学员之间流传着：金外科，银内科，破铜烂铁妇儿科……女生能被外科权威挑中，是天大的福气。但我毫不迟疑地拒绝了，胡乱找了一个理由，说我晕血，不喜欢外科。其实内心真正的恐惧是——外科讲究心灵手巧，我是一个连苍蝇都打不了的人，怎么能成为出色的女外科医生？还是知难而退吧。

多少年来，凡是需要手眼配合的关头，我都自觉地退避三舍。哪怕是学防身武术，心中热望，迫切报名，最后关头则以退出告吹。解嘲道，我很笨，肯定学不好，甭浪费老师的时间吧。我尽量躲避需要身体运动的技术，怕自己像打不到苍蝇一样在众人面前丢丑。因为这种遮掩退避，在漫长的岁月里，我的手脚果真变得越来越笨了。

人到中年，突然在一篇科普文章中看到，通过超高速摄影，然后慢速回放，可以观察到苍蝇起飞的那一瞬是猛然间向后飞翔。如果你想准确地命中苍蝇，就要瞄准它的后方……

没人知道，这行简单的字迹给我带来了多么大的震撼和心灵救赎。那一刻，我几乎热泪盈眶。

我明白了，打飞苍蝇，不在于动作笨拙，而是大脑无知。因为求胜心切，所以长时间地瞄准，惊动了苍蝇，失去了就地歼敌的良机。紧接着，在运动战中杀灭对方的意图又因错误判断苍蝇是向前飞行而导致屡战屡败。

一个简明的道理，搞懂它，用去数十年。那只想象中的巨蝇，横亘在我人生旅途上，不止一次强烈地干扰了我的重大决策。我从未对人谈起过这只苍蝇，但我知道，它阴险地活跃在我的自我判断中，让我自卑，催我退缩，它使我自动放弃许多学习各种事物的成长机会，又成了我姑息自己推诿责任、倚靠他人、不肯努力的挡箭牌和遮羞布。

我剖析自己，思考良久。人们容易夸大自己的成绩和优点，沾沾自喜。这虽然不明智，起码尚好理解。但我们有时夸大自己的失误和缺陷，甚至以此为盾，振振有词，究竟是为什么？

我们习惯一事当前，先为自己布下巧妙逃遁的理由。我们善于发挥悲哀的想象力，制造可资逃避的借口。我们不断把一些后天的弱点归结为遗传的天性，以洗脱自身应负的责任。我们没有勇气针对瑕疵自我解剖，便推诿于种种客观和大自然的不可抗拒之力。

这一切的核心是怯懦。自身的敌人，也需有正视和砍刈的英雄气概。

从那以后，我击打苍蝇几乎是百发百中了。但由于多年退避的惯性，我于需要用手操作的场合，还是十分笨拙。我知道，那只嗡嗡作响的巨蝇并不甘心退出它寄居了数十年的巢穴。由于我以往的姑息养奸，它已尾大不掉。举起思想中的蝇拍，瞄准它，扣紧它的后方，无论它起飞还是降落，都力争消灭它，是我毕生的一件活儿了。

豆角鼓

有一个在幼儿园就熟识的朋友，男生。那时，我们同在一张小饭桌上吃饭。上劳动课的时候，阿姨发给每人一面跳新疆舞用的小铃鼓，里头装满了豆角。当我择不完豆角丝的时候，他会来帮我。我们就把新疆铃鼓称为"豆角鼓"。

以后几十年，我们只有很少的来往，彼此都知道对方在城市的某一个角落里愉快地生活着。一天，他妻子来电话，说他得了喉癌，手术后在家静养，如果我有时间的话，请给他去个电话。我连连答应，说明天就做。他妻子略略停了一下说："通话时，请您尽量多说，他会非常入神地听。但是，他不会回答你，因为他无法说话。"

第二天，我给他打了电话。当我说出他的名字以后，对方是长久地沉默。我习惯地等待着回答，猛然意识到，我是不可能得到回音的。我便自顾自地说下去，确知他就在电线的那一端，静静地聆听着。自言自语久了，没有反响也没有回馈，甚至连喘息的声音也没有，感觉很是怪异，好像你面对着无边无际的棉花垛……

那天晚上，他的妻子来电话说，他很高兴，很感谢，希望我以后常常给他打电话。

我答应了，但拖延了很长的时间，也许是因为那天独自说话没有回声的感受太特别了。后来，我终于再次拨通了他家的电话，当我说完："你是 ×× 吗？我是你幼儿园的同桌啊……"

我停顿了一下，并不是等待他的回答，只是喘了一口气，预备兀自说下去。就在这个短暂的间歇里，我听到了细碎的哗啦啦声……这是什么响动？啊，是豆角鼓被人用力摇动的声音！

那一瞬，我热泪盈眶。人间的温情跨越无数岁月和命运的阴霾，将记忆烘烤得蓬松而馨香。

那一天，每当我说完一段话的时候，就有"哗啦啦"的声音响起，一如当年我们共同把择好的豆角倒进菜筐。当我说"再见"的时候，回答我的是响亮而长久的豆角鼓声。

每一次卓越
都来自
倔强的孤独

　　三十年前的那个春天，我是三年级小学生。新建的校园很漂亮，周围却没有一棵树。我和同学们一起到苗圃去拉树苗。苗圃的老爷爷给了我一棵最瘦弱的、没有一片绿叶的白杨树。"我不要这棵树。"我说，"老师说，这次美化校园，谁种的树，就把谁的名字写在小木牌上，挂在树枝上，比一比谁种的树长得茂盛。""可它并没有死啊……"老爷爷叹了口气看着我。我只好扛起这棵树苗。

　　从苗圃到学校很远，老爷爷在每棵树苗的根部都包了一个土坨，再用草席和绳子仔细捆好。有的同学扛累了，就从肩上放下树苗拖着走，树根上的土从草席的缝隙漏出来，马路上留下了一行行土黄色的痕迹。我的树苗包裹的土坨最大，尽管扛得也很累，可我始终没有把它从肩上放下来。我的树苗最小，可我给它挖了一个很大的树坑，让它自由自在地扎下根。

　　一个月过去了，我种的树依然最矮小，但是它活了，长出像眼镜片那样发亮的小叶子。当我走近它的时候，它仿佛向我招手。那个把树苗在地上拖得最远的男孩子哭了。他的小树像一根孤零零的旗杆插在土里，无论他浇多少水，小树还是不吐芽。我常常为我的小杨树浇水，盼它快快长大。可是，悬在枝条上的小木牌，总是在齐我眼眉的地方摆动，一点也不升高。"六一"篝火晚会，大家玩得好开心。散会时已是深夜了，老师看我一个人留在空旷的操场上，很奇怪，问我是不是丢了什么东西。"不，我只是想把篝火燃尽的草木灰施到我的小树下。"我答道。

后来，我的小树终于和许多同学的小树一样茁壮，它们繁茂的枝叶随风摇曳着，好像在唱着快乐的歌。

这是我在小学的最后一个春天了。我种的小树已经长得很高，把写有我名字的小木牌调皮地举到半空，我跳起来也够不着了。在春天的晚霞中，它的叶片一动也不动，仿佛知道我们不久就要分别。"我会常常来看你的。"我对它说。我必须记住小树的位置。感谢我刚看过的一本课外书，它告诉我，在野外识别标志物，就要寻找比较固定的坐标。

傍晚，灿烂的晚霞在西方天际燃烧着，远山如同一幅黛青色的剪影。我的小杨树正对着一座像鹰嘴一样突兀的山脊，侧面与我们的教学楼平行。

再见了，我的小白杨！

很久之后，我才知道那座高耸的山脊，是燕山山脉的主峰。

再以后，我到过更为高耸的昆仑山，也到过中国最为低凹的吐鲁番盆地。我经历了许许多多的风雨，但在我心中最宁静的地方，栽种着一棵小白杨。

终于在一个春天的傍晚，我回到了母校。在教学楼与像鹰嘴一样突兀的山脊延线的交界点上，我看到了一棵巨大而繁茂的杨树。它无数片绿叶在飘动着，浓密的树荫遮蔽了几乎半个操场。

这就是我那棵瘦弱的小白杨吗？我抚摸着粗糙的树身，想让它给我一个回答。

白杨树的绿叶相互击打着，好像在轻轻拍着手掌。

"阿姨，您是谁的妈妈呀？"几个在杨树下跳皮筋的女孩子走过来问我。

我真想告诉她们，这棵巨大的白杨树，是我亲手种下的。

但我终于什么也没有说。

一 罐 回 忆 的 泡 泡 糖

我们都是鱼，在时间与人间的无涯激流中遨游，许多鱼生活过，又消失了，还原为晶莹的水。

许多年前，我在一座很高的山上当兵，那座山叫昆仑山。

昆仑山有一个漫长的冬季，长得叫人忘掉一年当中还有其他季节。

昆仑山距平原很远很远，远得让我们这批小女兵几乎怀疑世界上还有平原存在。

冷和高使得平凡的蔬菜成为一种奢侈。属于温暖和平原的蔬菜，要经过汽车一个星期的颠簸才能抵达高原。它们要么像植物标本，干燥萎黄，纸一样菲薄；要么碧绿得令人生疑，用手一弹，果然发出翡翠般的金石之声——途中遭遇了暴风雪，暴风雪使蔬菜们永远年轻。

没有鲜菜吃，后勤部门就每月给大家发其他的吃食以弥补亏嘴，有水果罐头、核桃、葡萄干、花生米、白砂糖……农村来的兵，舍不得吃，便把这些好东西攒起来，探亲时与家人共享。只可怜了那些汽车兵，他们万里迢迢地将物品拉上昆仑山，又万里迢迢地把它们从昆仑山拉下去。

发的食品可谓五花八门，可是奇怪从不发块糖。不知山下的军需部门是无意间疏忽了，还是认为真正的军人不宜在嘴里含着糖。

能够随便在嘴里含着糖，听坚硬的糖块把牙齿敲出搪瓷碰撞般的声音，感觉尖锐的糖块在温暖的舌尖变得圆润光滑……真是少年人最美妙的享受之一。我们当时不过十六七岁，在一个风雪弥漫的早晨，不知谁说了一声：真想吃块糖啊！我们就从此朝思暮想在嘴里含块真正的水果糖！

希冀只要一萌生，除了实现它，你别无他法。

我们没有块糖，但我们有砂糖，好像是当年古巴贸易给我们的货色，像海滩上的沙砾，淡黄色很粗大的颗粒。我们取出牙膏牙刷，用空牙缸盛上古巴糖，放在炉火上烤。糖堆就像雪人似的塌陷下去，融为杏黄色裹着泡沫的糖浆。

"这叫糖稀。"一位年龄最大的女兵说。她已经十八岁了，是我们的姐姐。

但糖稀怎么才能变成块糖呢？见多识广的姐姐指挥我们去提一桶水来。

昆仑山的水好冷啊！万古不化的寒冰所融之水，发出幽蓝色的萤光。那袅袅上升的森然冷气，像雾一样盘绕在桶的四周。

水提来了，我们不知道它有什么用。十八岁的姐姐端起牙缸，把冒着泡的糖稀缓缓倾于冰水之中。

糖稀吱吱叫着急遽下沉，好像一串被击中了的黄鸟。它们在水中凝固成一粒粒橙黄色琥珀样的颗粒，略作沉浮，便如一颗颗精致的小水雷，蛰伏在水底。

十八岁的姐姐有条不紊地操作，我们看得发呆。

"愣着干什么？快拿勺子到桶底去舀着吃，这是真正的糖豆啊！"十八岁的姐姐大声招呼我们。

这种真正的糖豆松软酥脆，冷得像一枚枚小冰雹。但它的确能与牙齿碰出悦耳的声响，能在舌尖迅速缩小……我们便吃得十分惬意。

我们的吃速比糖豆的生产要快得多，不一会儿，桶底便被捞净，我们就眼巴巴地看着十八岁的姐姐制造糖豆。她产得越多，我们吃得越快，突然有人发现，十八岁的姐姐一直在为我们操劳，她自己连一个糖豆还没吃上呢！

"这一锅给你吃！"我们异口同声地说。

所谓一锅，就是一刷牙缸子煮沸了的古巴糖糖稀。昆仑山缺氧炉火不旺，要融好一缸糖稀，也得耐心用勺子搅拌一段时间。

十八岁的姐姐接受了我们的好意，格外精心地操作着。糖稀冒泡了……糖稀变成橘红色了……糖稀散发出蜂蜜一样略带苦涩的清香……这是最妙的火候了，我们知道，十八岁的姐姐要从从容容地制出一盘最甜最美的糖豆来了。

是时候了！十八岁的姐姐高高举起茶缸，糠稀漾出一道美而红亮的弧线，砰然溅落水中。

想象中该出现珊瑚珠一样晶莹的糖球了……时间一秒钟一秒钟逝去，糖球像被恶人施了魔法，隐匿着不肯出现，只见澄清的桶水渐渐变得混浊，犹如一股橙色牛奶注入其中。

这是怎么回事，是谁把糖球藏起来了？

我们面面相觑。

十八岁的姐姐想了想说："也许是水不凉了，所以糖稀不再凝聚为糖球……"

我们将信将疑，伸出舌尖去舔桶里的水。

水很甜很温暖，带有一种奇异的味道，好像一个在太阳下成熟的果子挤出的浆汁。

每一次卓越
都来自
倔强的孤独

十八岁的姐姐终于没能尝到她亲手制作的糖球，一粒也没有。

我们拎起桶要换一桶新的冰水，她说别去别去，这桶水里溶进了这么多砂糖，不喝太可惜。说着，她喝了满满一碗。

我们不知道该怎么谢十八岁的姐姐，只有同她一道喝那温暖甜蜜而又挟带冰雪气息的凉水，一碗又一碗……

许多年过去了，那水的奇异味道一直存在我的舌尖……

装大米的汽车

每个人都是坐过汽车的，但连着坐十二天汽车的经历，就不是人人都有的了。

打开中国地形图，注意一定要海是蓝的，陆地是绿的，随着海拔的升高逐渐变成橘黄色的那种地形图，而不是五颜六色的行政地图。

你往地图的左面看，地图是左西右东的，左面就是中国的西部。你会看到黄色像深秋的树叶，渐渐地浓重起来，从姜黄、橙黄直至加深到棕褐色。你从图例上查到颜色与高度的对应表，发现西藏的平均海拔在五千米以上。尤其是藏北，那是屋脊上的飞机。

怎样到达藏北呢？在遥远的古代，是乘骆驼和牦牛，往返一趟，要十几年甚至几十年的工夫。现在有汽车了，但从新疆的乌鲁木齐出发，也要将近半个月的时间。

我们坐的是大卡车，车上装满了大米。我们就把脚伸在大米麻袋的空当里，屁股坐在大米上，开始了数千公里的跋涉。

我们一边走一边不断地抱怨这些麻袋，它们像枷锁一样紧紧地箍着我们的脚。谁的腿要是坐麻了，想活动一下，就得在缝隙中把脚尖立起来，像个芭蕾舞演员一样，才能把脚抽出来。用手把脚揉好了，再从小孔把脚塞进去。

司机为大米打抱不平，说："你们还得感谢这些大米麻袋呢！这是为了运送你们，特地装在车上的。"

我们齐声嚷："才不信呢！要是没有这些大米，我们的地方会宽敞得多。"

司机说："要是没有大米，这样颠簸的路，会把你们头上的帽子颠到天上去，尾巴骨也会碎成八瓣。"

有这么可怕？

刚开始上路时我们不信，随着山势的险峻，我们渐渐地信了。

修在峭壁上的简易公路，像鸡肠子一样弯曲细窄。

往来的车轮像耙子，把坚硬的沙石刨松了。车轮的碾压，又把碎石聚成无数的塄坎，掘出无数的坑洼……人们给这种路起了一个形象的名称——"搓板路"。

车子在搓板路上行走，就像跳摇摆舞，一会儿抛上浪尖，一会儿跌下深谷。幸亏大米压住了车厢，要不然我们就得像滚珠似的在车厢里蹦跳不止。一天车坐下来，整个身体活像一把用了一百年的旧椅子，所有的关节处都要散开了。

第一天我晕车，路上吐了几次，晚上睡在兵站。"兵站"这个名称很有点古代烽烟的味道，那间房子奇大无比，十个女孩子住在里面，只占了一个角落。

地上铺着稻草，很松软，把头埋在里面，有一股太阳的气息。

我掐指算了一下说："啊呀，还要坐那么久的汽车，我都要变成老奶奶啦！以后我回家的时候，就坐飞机。"

说完之后，我就睡着了。

第二天一大早，所有的女孩子集合，领导说："有的人怕苦怕累，才坐了一天汽车，就想坐飞机回家了。这样的人，真是没出息啊……"

大家都寂静无声，你看看我，我看看你。

我也好奇地眨着眼睛看别人，心想："是谁说的呢？她怎么和我想的一模一样呢？"

因为是不点名的批评，也没有什么严重的后果，我渐渐地就把它忘了。

几年以后，遇到一个和我一道坐过大米车的朋友，她说："我可真是佩服你了，当年在那样的批评之下，大智若愚，不动声色。"

我说："你说的是什么呀？我怎么听不懂？"

朋友说："批评想坐飞机的人就是你啊。"

我大吃一惊，说："我根本就不知道那是在说我啊。"

朋友就说："那我告诉你，是谁向领导报告了你说的话……"

我赶忙捂住了她的嘴，说："你千万别告诉我，我一辈子也不想知道是谁。"

后来，我们就开始说其他的事，说得很开心。

说不想知道是谁，那是假话。以后的岁月里，我也曾多次浮起这个疑问，心想，当我说出那句发牢骚的玩笑话时，已是深夜；第二天一大早就被点了名，同我一道睡在兵站大房子里的女孩子，是谁这么嘴快告了我的状呢？

我仔细回忆那些裹在稻草里的年轻美丽的面孔，每一张脸都纯洁可爱，我至今不愿枉猜她们之中的任何一个人。

也许是那些大米麻袋告的状吧！

每一次卓越
都来自
倔强的孤独

灵魂飞翔
的地方

　　从北京出发，坐一个星期火车再加半个月汽车后，我服兵役来到西藏阿里部队。在地图上找不到"阿里"这个具体地名，一个名叫"狮泉河"的小镇标记，代表了世界屋脊上这块三十五万平方公里的广袤雪域。

　　从京城生活优裕的学外语女孩，一下子坠落到祖国最边远的不毛之地当卫生员（当然从海拔的角度来说，绝对是上升了，阿里地区的平均海拔接近五千米），我的灵魂和肌体都受到了极大震动。也许是氧气太少，成天迷迷糊糊的，有时望着遥远的天际，面对无穷无尽的雪原和高山，心想，这世界上真有北京这样一个地方吗？以前的我，该不是一个奇怪的梦吧？

　　因为没有正规的医学教育，老医生就得言传身教地指导卫生员，好像一个老木匠带着一群小木匠。一天，老医生对我们说，想不想看看真正的恶性肿瘤是什么样？

　　我们那群女孩子，正处于对世上一切事物好奇的年龄，忙说，想看，只是到哪儿去看呢？

　　老医生眺望远方，说，到最高的那座山上去。

　　原来是一位患肝癌的牧人在病房故去，家属对一直给他治病的老医生说，我们把亲人的身体，托付给金珠玛米（藏语：解放军）的曼巴（藏语：医生）了，希望您能将他天葬。说完之后，活着的亲人们就赶着羊群逶迤而去。

我对老医生说，您会天葬吗？

那时正是"文革"期间，所有的天葬师都销声匿迹。老医生说，我尽力去做。

老医生找来担架，把尸体安放其上。来了一辆解放牌卡车，载着我们和担架，向人迹绝踪的山顶开去。我第一次与死人相距咫尺，充满恐惧。我昨天还给他化验过血，此刻他却无知无觉地躺在大厢板上，随着车轮的每一次颠簸，像一段朽木在白单子底下自由滚动。我尽量离他远一点，但车厢里只有那么大地方，我的脚紧紧地挨着他的腿，凝固的感觉自下而上蔓延，半截身体变得铁一般硬冷。

离山顶还很远，路已到尽头，汽车再无法向前。只有把担架抬下来，托举着它，向高高的山顶攀去。老医生自然身先士卒，但他一个人无法将尸体搬上山巅。他征询我的意见说，你是抬前架还是后架？我想了半天说，我……抬后面吧。倒不是我拈轻怕重，只是我已看出端倪，知道抬前架的人负有使命，需决定哪一座峰峦才是这白布下的灵魂最后的安歇之地。对于这种神圣的职责，我实在没有经验。

灵魂肯定是一种承受重量的物质，它离去了，人体反而滞重。我艰难地高擎担架，在攀登的路上竭力保持平衡。尸体冰凉的脚趾隔着被单颤动着，坚硬的指甲鸟喙一样点着我的面颊。我不敢有片刻大意，死死盯着老医生的步伐。他抬步我前进，他停脚我立定。生怕配合不默契，一个失手，死去的肝癌牧人，必得稳稳地滑坐在我肩头。

山好高啊，累得我几乎想和担架上躺着的人交换位置。我抑制着喉头血的腥甜说，秃鹫已经在天上绕圈子了，再不把死人放下，会把我们都当成祭品的。老医生沉着地说，只有到了最高的山上，才能让死者的灵魂飞翔。我们既然受人之托，切不可偷工减料，再坚持一下吧。

终于，到了伸手可触天之眉的地方。担架放下，老医生把白单子掀开，把牧羊人铺在山顶的砂石上，如一块门板样周正。他拿出手术刀剪，锋利的刀口流利地反射着阳光，在石峰上映出点点亮斑。他高高举起刀柄，欷然划下……牧人像容器一般被打开了，老医生像拎土豆一般把布满肿瘤的肝脏提出腹腔，仔细地用刀锋敲着肿物，倾听它核心处混沌的声响，一边惋惜地叹道，忘了把炊事班的秤拿来，这么大的癌块，罕见啊……

秃鹫在头顶愤怒地盘旋着，翅膀扇起阳光的温热。我望着牧人安然的面庞，心灵感到极大的震颤。他的耳垂上还留有我昨日为他化验血时打下的针眼，黏着我贴上去的棉丝。因为病的折磨，他瘦得像一张纸。尽管当时我把刺血针调到最轻薄的一挡，还是几乎将耳朵打穿。他的凝血机制已彻底崩溃，稀薄的血液像红线一样无休无止地流淌……我使劲用棉球堵也无用，枕巾成了湿淋淋的红布。他看出我的无措，安宁地说，我身上红水很多，你尽管用小玻璃瓶灌去好了，我已用不到它了……

面对苍凉旷远的高原，俯冲而下乜视的鹰眼，散乱山之巅的病态脏器和牧羊人颜面表层永恒的笑容，在那一瞬间，我领悟了什么叫作生命。

它是天地的精华，它是巨大的偶然。它是无限长链中闪烁的一环，它是造化轮回中奇异的组合。周围是无穷无尽的冰川雪岭，它们虽然恒远，却是了无生命的，只有人才是这冰雪世界最活跃的生灵。

我们原本是从自然中来，我们必有一天要回到自然中去。在这个短暂的旅途之中，我们要千百倍地珍惜生命……

老医生谆谆指教我们每一脏器的部位，每一神经的走向，直到秃鹫不耐烦地要啄他的眼睛。我们这些年轻的女孩子，围着安卧着的牧羊人，惊心动魄地学习任何医学院都不曾开设过的课程。

讲完课以后，老医生让我们退到远处，他将牧羊人肢解得粉碎，精细地铺陈在沙地上，以便秃鹫将牧羊人的灵魂，快快驮上蓝天。

秃鹫乌云一般呼啸而下，又扶摇而上，隐没在苍穹尽头。我们肃穆地注视着，默默感受着一个生命的消失与升华。

打针是医务人员的基本功了，每个医生护士都有给别人打第一针的经历。那滋味虽说比不上打第一枪惊心动魄，但也令人终生难忘。

在正式打针以前，我们先经历了短暂的画面学习。比如注射部位、神经的走向、针头与皮肤的角度等，都像背口诀似的谨记在心。

终于有一天，我们要真刀真枪地在病人身上实习了。

我的老师是一位男护士，姓胡（我们是第一批分到藏北的女护士，在我们之前的护士，自然都是男的了）。胡护士让我复述了一遍肌肉注射的操作程序以后，就说："行，你出师了，推上治疗车，到病房打针去吧。"

我听了很高兴，赶紧把打针的家伙准备好。推着车要走的时候，见胡护士揣着两只手，一副无动于衷的模样。

我奇怪地说："咦，你怎么不同我一道走？"

他说："这次你一个人去，打针又不是拔河，要那么多人干什么？"

我吓了一跳，乞求他说："你跟我一起去好吗？不用你动手，站在一边给我壮个胆就成。"

胡护士毫不通融："你错了，有人在旁袖手旁观，你才容易心慌。

真到你独自面对病人，胆量自然就来了。"

我还是不死心，就说："你要是不去，我打针有什么毛病，自己也发现不了，不是对病人不负责任吗？"

胡护士想了想说："这样吧，你打完了第一针就找个借口走回来，我去检查一下，问问病人的感觉，就能知道你的技术如何了。"

谁让胡护士是我师傅呢，只有照他的主意办。我一个人推着小治疗车，向幽深的病房走廊走去。那一瞬间，我好孤独，有一种独闯虎穴的忐忑。

进了病房，病人像往常一样微笑着迎接我，我的心略微安定了一点。我翻开了治疗簿，第一个接受我"治疗"的是一个名叫"黄金"的人，很高大威武的样子。

我鼓足了勇气，轻声地说了一句："黄金，打针。"

我以为他一定会不放心地问我，怎么就你一个人来了？老护士呢？但实际上他什么也没说，乖乖地趴在床上，很自觉地做出了挨针扎的姿势。

我松了一口气，口中念念有词，都是注射的诀窍，左手绷紧了他的皮肤，右手笔直地竖起针管，一咬牙一闭眼，正要不管不顾地往下戳，心里突然打了一个哆嗦。我想平日里不小心手上扎了一个刺，都会疼得直吸冷气，金属针头比竹刺可粗多了，那还不得疼死？真不忍心下此毒手啊！要是我一针攥下去，病人痛得熬不住，一个跟头跳起来，会不会把我的针尖折断在肉里？那麻烦就大了！这样一想，手变得酥软，老捏着针管比画，针头刺了几下，都没捅进肉里。

黄金动了动身子说："护士，你咋还不扎？我都冻得起鸡皮疙瘩了。"

再不能拖下去了，要不病人旧病没好，又添一个重感冒。索性豁出去了，长痛不如短痛。我说了一句："黄金，你可千万别动！"说时迟那时快，手一抡，就把注射器像菜刀一样砍了下去……

在此之前，我在萝卜和棉花团上练过打针，真的一试，才发现差别大了。人的皮肤比萝卜软得多，比棉花要瓷实得多，有一种很怪异的感觉。也许是我的劲儿用得太大了，几乎没有遇到任何抵挡，针头就顺畅地插进了黄金的身体。

俗话说，万事开头难。我进针的这个头开得不错，后面就容易得多了。我很均匀地推动着药液，拔针的动作也快捷麻利。黄金惊奇地说："我还没什么感觉，你的针就打完了，真是青出于蓝而胜于蓝啊！"

我很得意地回到护士值班室，对焦急地等在那里的胡护士说："你去验收好了。"

胡护士从病房回来的时候，不像我想象的那么满面春风。他皱着眉对我说："病人对你打针的技术反映还是不错的，说你打针的时候一点也不疼……"

我不好意思地微笑着，很想说几句表示谦虚的话。可是，还没等我想出词句，就听胡护士话锋一转说："但是，我发现了一个很严重的问题……"

我赶紧检讨："我准备的时间太长了，把病人给冻坏了……"

胡护士说："这还是小事，你的过失比这个可大多了。我在黄金的屁股上看了一下，根本就没有你消毒皮肤的痕迹……"

我一下子如同五雷轰顶。天啊，我忘了这件最重要的准备工作，没用碘酒、酒精消毒就把针头捅到病人的身体里了。

每一次卓越
都来自
倔强的孤独

我吓得几乎哭出来，说："病人不会得败血症吧？"

胡护士说："我得赶快向医生报告，让他给病人吃点消炎药，但愿一切平安无事。"

从那天以后，好多日子我都抬不起头来，尤其是害怕见黄金。幸好他的身体很健康，没留下什么后遗症。

第一次打针的教训真是刻骨铭心，我以后再也不敢这样粗心大意了。

女枪手

到达西藏的第三年，发给我一支手枪。枪身很短，乌蓝色的枪口，像深不见底的老井。枪套很新，散发着皮夹克的味道。每当我走近悬挂手枪的墙壁时，都有一种神秘的感觉，好像枪是一个有生命的活物。

我们离边境线很近，要求每个人都能熟练地掌握手中的武器。

教女孩子们打枪的任务，就交给了高排长，听说他的枪技很高。

第一天看到他的时候，他就哭丧着脸对我们说："谁愿意教女孩子打枪啊！你们要是一不小心走了火，轻则把我打成残疾，重了就让我以身殉国了。"

我们原本就害怕，听他这么一说，赶紧双手捧着枪说："那我们就不要这东西了。"

没想到高排长又训起我们来："枪有什么了不起的？男人能打枪，女人也能。"说着，就开始教我们打枪的要领。

要说打枪也没什么难的，但女孩子的臂力不行，擎着枪身的右手哆嗦不止，高排长就训斥我们："又不是做贼，心虚什么？"

我们就在下面愤愤地咒他，但为了少挨说，私下都举着枪练习，渐渐地手就不那么抖了。

终于到了实弹射击的那一天，靶场设在一片空旷的原野上，五十米以外，竖着墨绿色的胸环靶。靶子好像一个傲慢的武士，看着我们这些初次打枪的女孩子。

我第一个走过去，心里默念着射击口诀，举枪对准靶心。高排长指挥我站定，又仔细检查了我的武器，看着我把子弹压进枪膛，说了声："你可以开始了，先打两发试验弹。"然后，撒腿就跑。

我一下子心就慌了，说："哎！你不看着我打枪了？"

他说："我什么时候说过要看着你们打枪？女孩子手下没准儿，谁知道会打到哪里去？我还是躲得远点好。"

我说："哼！想不到你这么胆小。"

高排长说："不是胆小，是不怕一万，就怕万一。"

我一甩头发说："没有你，我也一样能打个好成绩！"说着，一摆我手中的枪。没想到食指轻微一震，手起枪抬，枪口正好朝着天，"啪"的一声巨响，一发子弹带着火苗蹿上蓝天。

我吓得一哆嗦，下意识地一垂手腕，"哎呀！子弹怎么这么快就打出去了呢？我好像还没使劲呢！"没容得我把这句话说出口，"啪"的一声，第二发子弹又从枪膛迸出，枪口正好朝下，地面蹿起一团烟尘……

我惊魂未定，真想大哭一场。这真枪实弹打起来也太容易了，简直容易得可怕。我以为要用很大的劲儿才能把子弹打出去，谁想手枪机敏得像一只灵猫的胡须，稍微一个动作，带有极大杀伤力的子弹就射出去了，就要置人于死地。

高排长急忙跑回来，紧张地问："伤着了吗？"

我苦笑着说："没有，只是吓了一跳。"

他立刻松弛下来说："我说得怎么样？女人就是不行，幸亏我躲得远。"

我吓得不敢再打枪了，他说："一回生，二回熟。你打了天一枪，地一枪，天地都打了，还怕什么？刚才是验枪，不算成绩的，现在重新开始。"

我还是不想打枪了，高排长叹了一口气说："看来，我今天真是要舍命陪君子了。好吧，我就站在你身旁，一动不动地看着你打枪。"

说也奇怪，有高排长站在一旁，我就真的镇静下来，胸有成竹地举枪瞄准……靶心、枪准星、眼睛的瞳孔三点成一线……屏住气，心莫慌，眼睫毛也不眨……手指轻轻往下压……好，击发！

啪啪啪……我连发五枪，把规定的子弹都打了出去。

待硝烟散去后，报靶员向我们报告说："五枪打了四十七环——两个十环，三个九环。"

高排长对他的徒儿能打出这样的好成绩，也很高兴，说："四十五环以上，就能算特等射手了。"没想到我刚露出喜色，他立刻就沉下脸说："我看你是瞎猫碰上了死耗子。"

拉　练

　　"拉练"这个词，哪本辞典里也没有，顾名思义，是"拉到外面去训练"的意思。这个"外面"指的又是哪儿呢？它说的是"屋子外面"。

　　有人又得说了，屋外有什么了不起的？我们不是常常到屋外活动吗？

　　我说的这个屋外，有几点特殊的地方。第一是时间。它不是春暖花开的三月，也不是赤日炎炎的夏天，还不是金风送爽的秋天……对了，现在只剩下最后一个季节，就是白雪皑皑的冬天了。第二是地点。不是江南，不是塞北，不是平原，是海拔五千米雪线以上的高原永冻地带。

　　什么叫雪线呢？刚听到这个词的人，脑海里会不由自主地出现一条又白又亮的银线，好像是一根由千万根蚕丝拧成的粗绳子，悬挂在险峻的高山半腰。其实，雪线可没那么浪漫，它只是地图上一条假想的线，表示在这个高度以上，积雪和冰川永不融化，寿命与天地同存。在雪线以上的高山行走，随手捡起一块透明的冰块，它的历史都可能超过了一千年，比你爷爷的爷爷还要古老得多。拉练就是让大家到雪线之上露营和自己起火做饭，当然，最主要的节目是行军和真枪实弹的演习。听了动员令后，大家都摩拳擦掌，做着拉练前的诸项准备。

第一要紧的是每人要有一口锅。平常日子都是吃炊事班的大锅饭，自己不用发愁。这回不行了，要野炊，首先得自己备好锅勺。不由得想起一句古话——巧妇难为无米之炊，心想它说得也不怎么确切，就算有了米，没有锅，巧妇也得抓瞎。

河莲先到炊事班求援。班长说，甭瞎忙活，你们不用备炊具，到时候有我呢。

有人自告奋勇帮忙自然好，但不知这忙如何帮法。河莲说，让我先看看你准备的锅。

班长说，我的锅，没什么新鲜的，你天天看见，喏，就在那儿。

河莲一看，原来炊事班长根本没做特殊准备，打算把每天给大伙烧开水的大铁锅，背出去煮饭就是。

河莲说，那怎么行？到时候一安营扎寨，传下号令，就地生火做饭，你做得了，队伍也该开拔了，我会饿肚子。

班长晃着大方脑壳说，我是那样的人吗？要是万一来不及，怎么也得让其他同志先吃，我是享乐在后的。

河莲说，那也不成，你的锅那么大，得多少柴草才能把水烧开？伺候不起。

河莲是我们派出的侦察兵，本以为她会带回好消息，不想无功而返。全班人唉声叹气之时，新情报传回来了，说是经过摸索，有人发明了用罐头盒子做成很漂亮、实用的小行军锅。

高原海拔高，气压低，饭很不容易做熟。避免夹生的办法，就是尽量提高锅的密闭性，保持住锅里的温度和压力。当然要是有小的高压锅，那是最方便了，可拉练的宗旨就是让大家在冰天雪地里锻炼，哪会给大家配锅？不知是谁的创造，用锉刀把罐头盒顶端的焊锡锉掉，使罐头盒盖完整地脱落下来，用的时候再盖上去，一个因陋就简的小锅就成功了。

我们每人拿出一个水果罐头，开始像手工作坊一般干起来。锉刀吱吱，银屑飘飘。不一会儿，河莲就兴奋地大叫起来，我的小锅出厂啦!

大家凑过去一看，河莲把罐头盖子平平整整地卸了下来，盖上去的时候严丝合缝，简直像是原装的锅盖。河莲又操起锤子，用小钉在罐头盒——也就是锅的主体部分，钻了两个洞。

我们吃惊地问，这是什么？

河莲说，这都不明白？拴上铁丝，做个锅耳朵。不然，锅那么烫，谁敢用手提？再说，如何捆到背包上？都是问题。我这是一箭双雕。

我们衷心佩服河莲的深谋远虑，锅的制造已进入精加工阶段。低头看看自己手下的活，还是粗坯，就赶快提高速度。

真是见了鬼，我拼命挥舞锉刀，像一个地道的老工人。可我的罐头盒子好像变成一发炮弹，其壳坚硬无比。我累得一脑门热汗，它还是岿然不动。

我去找河莲，她成了我们之中的总工程师。真是高人啊，只看了一眼，她就说出了症结所在。你真傻，为什么专门挑了橘子罐头来锉？要知道它的铁皮质量最好，简直像是不锈钢制成的，难怪你锉不开。像我，选一筒菠萝罐头，又小巧铁皮又软，自然马到成功了。

面对先天的失误，除了改换门庭，没别的选择。我立刻加入了"菠萝一族"，其他的操作也和河莲一模一样。经过手忙脚乱的一阵努力，小锅也宣布竣工，同河莲的产品摆在一起，简直是双胞胎。

锅的问题之后，就是领粮食。规定每个单兵要携带足够三天食用的口粮。按照士兵最低热量标准，共需粮食四斤半。

干粮袋是草绿色的，细细长长，瘪的时候好像一段蛇蜕。领导用秤给大家分粮，四斤半大米装进去，粮袋撑得圆圆滚滚，像一条苏醒过来的大蟒。

我生平最讨厌吃米饭了，总觉得那些软绵绵的小白粒子，吃多少也填不饱肚子。平日也就罢了，饿了可随时补充零食。可这次是模拟实战，总不能一边坚守阵地，一边嘴巴嚼个不停吧。我对领导说，给我发白面，成吗？

不行。领导很干脆地拒绝。

为什么？米面都是碳水化合物，提供的热量卡路里是一样的。我用刚学到的医学知识，为自己做论据。

在高原上，米可以煮熟。面呢？泡在罐头盒子里，成了糊涂汤，你怎么吃法？领导不理我的卡路里学说，一针见血地指出面的弊病。

我宁愿吃那种糨糊样的东西，也不吃米饭。再说红军过雪山草地的时候，吃的也是面粉，不过就是炒熟了而已。我小声反驳。

领导没想到我引经据典，一时竟想不出如何批评我，停了一会儿，终于发现了更强大的理由，说，干粮袋就那么长，米能够装进三

天的量，面就不行了。

我说，不信。

领导说，你这个女孩，怎不见棺材不落泪。来，我装给你看！

领导说着，称出四斤半面粉，倒进干粮袋。面比米要难收拾，不少面粉洒在外面，领导就像颗粒归仓的老农，不厌其烦地把每一撮面粉，都收拾起来，愣往干粮袋里塞。

干粮袋鼓如圆柱，秤里还遗有面粉。在铁的事实面前，我不得不低头服输。同等重量的面，要比米占的地方大。比如说一麻袋可装大米两百斤，装面粉就放不下了。领导告诫道。

但我仍不死心，说，具体情况要具体分析。对我的胃来说，三斤面就抵得过四斤半米。

领导说，这不是抵不抵的问题，也不是你的胃说了算的事。你刚才不是说什么卡路里吗？关键是热量，在冰雪高原，你要是没有热量，就得变成白雪公主。

我一声不吭地跑出去，过了一会儿，抱着一堆糖进来，对领导说，我不带大米，带水果糖行不行？它提供的卡路里比大米可多多啦。

领导这次把脸沉下来，斩钉截铁地说，不成！一个战士不可能在冲锋的时候，往嘴里不停地塞糖！

最后一线希望破灭。虽然他的话也很无理，冲锋的战士不能往嘴里塞糖，难道就可以往嘴里塞米饭团子吗？但人家是领导，咱当小兵的，就只有服从了。

衣食住行这句话，我以为很科学。在解决了吃饭问题以后，考虑的就是拉练中的穿了。皮大衣当然是必备的了，要不然，会在酷寒的夜晚冻成冰雕。狼皮褥子也是要带的，在万古不化的寒冰上露宿，没有它，地心的寒气会把我们的五脏六腑凝成一坨。狗毛皮鞋也是要带的，不然会把脚趾冻得指甲脱落。皮帽子当然更得戴了，要不，回家的时候会丢了耳朵……我们贴身穿了衬衣衬裤，外面罩了绒衣绒裤，再外面裹着棉衣棉裤，然后披上皮大衣，每个人的体积都比平日增大百分之七十以上，走路的时候像一座毛皮小山在移动。

相比之下，住的问题反倒比较简单。每人带一件塑胶雨衣，它的边上有一排纽扣，我以前一直不知是干什么用的，此次经人指教，才知道可以和另外一件雨衣结成一块巨大的篷布，搭一座简易帐篷。每人还要带一把行军锹，到了宿营地，在冰上挖洞，然后把锹把埋在里面，就成了帐篷的支柱。

没想到在这个简单的环节上出了问题，因为是两个人合住帐篷，睡觉的时候为了保暖，必须头脚颠倒，打通腿。小鹿是个汗脚，谁都不愿意与她合伙，怕熏着自己。最后还是我高风亮节（谁让我是班长呢），自动表示愿和小鹿同甘苦共患难。大家私下里夸我侠肝义胆，因为小鹿的脚臭让人惨不忍闻。我解释说，其实，我也不是担子拣重的挑，只是想雪地里那么冷，我就不信小鹿的脚还敢出汗？

最后是行。果平穿戴整齐，缓缓地吃力地移出房门，过了一会儿，又像一艘航空母舰似的挪了回来，哭丧着脸道，你们猜，把咱们的全套行头穿起来，负重多少斤？

河莲说，还不得有三十斤？

果平冷笑道，想得美！改成公斤还差不多！

我们花容失色道，你的意思是我们要背着六十斤重的物品，跋涉在冰雪高原？

果平说，那还是少说了，都武装起来，只怕七十斤也打不住。

大家半信半疑说，有那么恐怖吗？

果平说，听我给你们算个细账。

她就掰着手指头，一五一十地算起来。干粮、红十字包、手枪、毛皮裤子、背包、子弹带、行军锹、备用解放鞋、雨衣……我们听到一半，就说别算了，我们信了。

听说行军的平均路程是每日九十华里，个别日子会在一百华里以上，最多的一天将达到一百二十华里。这个数字，对平原来说也许不算什么，但在高原，足以让人胆战心惊。

我们能行吗？所有的人心里都在打鼓，可是没有人说出来，谁也不愿被人当作胆小鬼。

行军开始了。女兵和男兵一样背负着行囊，像绿色的骆驼在雪原上缓缓移动。为了预防雪盲，临出发时每人又配发了一副墨镜，透过茶色镜片，平日熟悉的风景，变成另外的嘴脸，煞是好玩。冰峰成了咖啡色，远远看去，好像巨大的巧克力冰激凌。白雪成了淡红豆沙色，使人忍不住想舔一口。至于大家的脸色，都成了非洲人的模样，嘴唇成了浓重的黑褐色，好像刚刚吃了炸酱面还没把嘴巴抹干净……

面对种种奇怪的景色，我们只有自己偷偷地笑，没法彼此交换感想。因为在高原上行军，需要全力以赴，要是你开玩笑的时候，正好一个雪坑没看见，脚下一滑，一个大马趴，大家笑的就不是你的笑

话，而是你本人了。笑完了，还得千辛万苦地帮你爬起来。再说那近七十斤重的包袱，稳稳地坐在背上，把肺都压成了薄饼，膨胀不起来，使我们根本没法开怀大笑，只好把笑的念头储存起来，留着晚上空闲的时候再交流吧。

第一天是适应性行军，有一百华里路程，只翻一座雪山。老兵们说，这简直和玩一样。可女兵们确实没玩过这种严酷的游戏，刚走了不到一半的路程，我们就筋疲力尽。原来为了保护女兵，把我们安排在队伍的中间部分，现在眼看着别人一步步超过我们，越走越远。最后大队人马整体越过疲惫的女兵远去，成了天边的一个黑豆样的斑点。

我们你看看我，我看看你，明白了以前从书本上看到的一个可怕的词——掉队。那就是你像一粒纽扣，从大衣上掉下来，滚到人所不知的犄角旮旯里。要是没人找到你，你就得在那个黑暗的角落待到海枯石烂。

这可怎么办？小鹿几乎要哭起来。

现在最重要的事，是赶上队伍。小如很坚决地说。

这话当然是不错了，可是我们赶得上吗？我们为什么会掉队，不就是因为我们追不上大家的脚步吗？赶上队伍谈何容易？不但要赶上部队此刻的行军速度，还要把我们以前落下的补上。恕我悲观，我看是梦想。河莲有根有据地说。因为话太长而且很严肃，说完之后她喘个不停。

果平用手揪起背包带子，胸膛能比较自由地吸进更多氧气，说话的时候就可以带出微笑的口吻。她说，你们知道现在最重要的事是什么吗？

对于她的重复设问，我们都不理睬。太累了，你打算说什么，快说吧，别啰唆啦！

果平只好自问自答，说，现在最重要的事，是休息啊。

乌拉！我们立刻用俄语欢呼起来，倒不是对这种语言情有独钟，主要是电影里苏联红军打胜仗的时候，都是这样表达兴奋心情的。

不管三七二十一，大家立刻倒在雪地上，大口地喘气，先把氧气吸个饱。背上的负重也不敢卸掉，因为再背妥帖很费时间。我们像蜗牛一般，脊梁枕在背包上，头仰得高高，摘下墨镜，看着蔚蓝色的天空。

黄昏已悄然来临，天空急遽地转换着颜色，从海一般清澈的蓝，逐渐加深，好像一缸靛青的染料被打碎了，没有波纹地扩散开来，整个天幕被无声无息地染成蓝宝石的颜色，透明中闪着银光。雪山反射着夕阳的余晖，勾勒出一圈虾红色的轮廓，像是华贵的绸缎织成的剪影。有一只喜马拉雅鹰凝然不动地贴在天际，使你相信在它铁一般的鹰爪下，有一股神秘的高空风，像巨掌一样轻轻托住它的翅膀。

我们要是喜马拉雅鹰就好了。大家齐声说。

可惜我们不但不是鹰，连一只最普通的麻雀也不是。我们就这样静静地躺着，感觉万古寒冰的森然阴气，像泉水一般从地心漫上来，渐渐地俘虏了我们的脚，弥漫在我们的关节，浸满了骨髓，笼罩在血液中……一种酷寒而舒适的陌生幻觉，像雾一样包裹了我们的大脑，使它变得像玻璃一般脆而晶莹。我模模糊糊地想到，为什么卖火柴的小女孩，在被冻死以前会看到那么多美妙的景象，寒冷真是美丽而凄清的神仙世界啊!

我们躺着,手拉着手,刚开始很紧很紧,透过皮手套,可以感觉到对方的力量。但是这力量渐渐地涣散下去,骨骼松弛了,血的温度下降了,手套变得像海带一般黏滑,很快就抓不住了,只好彼此松开。我的手刚一接触到雪地,就被它吸了过去,牢牢地粘在冰上。好像手是一块生铁,地是巨大的磁石。我觉得这事有点怪,很想挣脱冰雪的引力。但是没办法,手指根本就不听指挥,它们不再属于我,已经成了绵延万里的冰山的一部分。

思维变得迟钝而漂浮,苍白无力地混乱运行着,好在一点儿都不痛苦,也不恐惧,有一种近乎飞翔的感觉……

你们都给我起来!

一声断喝,从天而降。我们就是再麻木,也被惊得半坐了起来。只见一彪形大汉,天神般地矗立在面前。

你是谁? 我们说不出话,只是用眼光问他。

我是后勤部收容队的队长。大队人马已经到达宿营地了,到处找不到你们这几位女兵,我们就沿着来路往回找,没想到你们在这里睡大觉! 收容队长怒气冲冲地说。

我们懒洋洋地看着他,眼珠也不愿转一下。什么后勤部,什么宿营地,听不懂啦! 好像是古代故事里的名词。

收容队长很有经验,知道我们已经进入冻伤的意识淡漠期,如果不马上振作起来,就会在这种迟钝的幻觉当中进入昏迷。他指挥带来的收容队员们,把我们拉起来。可是刚把这个从雪地上拉起来,那个

每一次卓越
都来自
倔强的孤独

又躺下了。把那个扶起来，这个又坐下去。雪地好像一张巨大的软垫子，极力诱惑着我们沉睡在它的怀抱。

你们还是不是兵？简直是逃兵！要是指着你们保卫祖国，敌人都得打到家门口！人都说女兵不行，我原来还不信，今天一看，果然不错。应该把你们都开除出去，回家守着父母的热炕头……收容队长怒骂我们，滔滔不绝。

这一骂，把我们骂醒了，自尊心生长起来，神经也变得灵敏了。我们咬着牙，摇摇晃晃地站起来，好像一批女醉鬼。

快，把她们的背包卸下来！队长命令他的士兵。

几个男兵把我们的背包放到自己身上，要是平日，我们是一定不会同意的，但在夜色沉沉的雪山上，我们已没有任何反对的力量。

背包一摘走，被压扁的气管立刻膨胀起来，恢复了弹性，我们的精神得了充足气体的灌溉，立刻清醒多了。我们试着走了两步，哎呀，感觉奇妙极了，好像遍地都是弹簧，脚下生风，似乎在飞，无比轻松。

因为我们整天都是在负重七十斤以上的状态中行走，那个附加的重量已经成了身体的组成部分。现在一旦卸下，简直若腾云一般轻盈。巨大的喜悦与轻松，使我们恢复了青春的活力。

小如说，你们把我们的背包拿走了，多辛苦啊。

她是一个好心肠的女孩，无论在多么困难的情况下，首先想到别人，总觉得自己对不起别人。

收容队长不耐烦地说，快走吧，我们是男人，比你们的耐力要好多了，再说我们还有马。

我这才在黑暗中看到了几匹马，它们美丽的大眼睛闪烁着星星的光芒。

果平说，还是把红十字包和手枪还给我吧，一个是我的工作工具，一个是战士必备的武器。

听果平这么一讲，我们也纷纷要求归还这两样卫生兵最基本的标志。好吧，还给你们，可是你们再不许躺下，夜已经越来越深，你们若不能在午夜以前赶到宿营地，就会在雪山上冻死。收容队长严厉地说。

我们不再说什么，跟着队长快步向苍茫的远方奔去。也许是长时间的休息，的确让我们恢复了体力；也许是队长的破口大骂，使我们生出雪耻的决心；也许是甩掉背包真的使我们身轻如燕；也许是死亡近在咫尺的威胁，让我们深切地体会到生命的可贵……反正在后面的行军路程中，我们再不说三道四，而是钳闭着嘴唇，机械地迈动双脚，向前向前。

赶到宿营地的时候，已经是下半夜了。当我们看到朦胧的灯火时，几乎流出眼泪。好了，总算把你们活着带回来了。收容队长说完，"扑通"一声，差点跪在地上。要知道，为了接应我们，他几乎走了双倍的路啊。

在雪原
与星空之间

拉练的夜晚，我们在雪原与星空之间露营。

两顶雨布搭的帐篷很窄小，像田野中看秋的农人用玉米秸支的小窝棚。我和小鹿头脚相对，用体温暖和着对方。刚躺下的时候，根本睡不着。平日柔软的被子，此刻变得铁板一样冷硬，被头像锐利的铁锨头，直砍我们的脖子。棉絮好像变成了冰屑，又沉又冷地压在身上。

这是怎么回事？被子被施了妖法！小鹿在对面瓮声瓮气地说。

我本想看看她，但沉重的负担使我没法抬起头来。为了保暖，我们把所有的物品，比如十字包、干粮袋、皮大衣，包括毛皮鞋，都堆在被子上面，像一座拱起的绿色坟堆。此刻要是有一双眼睛从帐篷外窥视我们，一定以为这是军需品仓库。

我说，被子又不是暖气，自己不会产生热度。它像个水银瓶胆，装进开水它就热，放根冰棍它就凉。我们在零下几十度的气候里行军，被子的温度当然也是零下了。不能着急，得靠自己身体的暖气，把被子煨热，才会觉得暖和。

小鹿说，只怕到了明天早上，我们还像两条冻带鱼一样，舒展不开手脚。

我说，反正也睡不着，咱们就说说在高原露营的好处吧。

小鹿说，有什么好处？硬要说，第一个好处就是让你不但不困，而且精神抖擞。

此话千真万确。不管你行军多么疲劳，在越来越深的午夜中，寒冷的空气好像不是吸入肺里，而是进了胃，化作无数薄荷糖，让你从里往外透出绿色的清醒，神智警觉无比。

我说，可惜这是以第二天的疲倦为代价，要不然，真该推荐所有的科学家都到高原来工作，人类的伟大发明一定会成倍增加。

小鹿说，第二个好处是空气新鲜。城里的空气，被人的鼻子滤过千百遍了。这里的空气从没有人呼吸过，就像从没污染过的泉水，你说是不是世界一绝？

我说，空气倒是很新鲜，只是它里面的氧气含量很少。这就像是一种外表很美丽的果子，里面的果仁却又瘦又小。营养太少，中看不中用。

小鹿说，这话可不对，你敢说这里的空气不中用？那你把头钻进被子里，再捏住鼻子。要是你能支撑三分钟以上，明天我帮你背手枪。

我说，我当然不敢把头埋进被子，你的脚太臭了。至于手枪，你别卖假人情，你知道规定是人不离枪、枪不离人的。

小鹿说，谁的脚要是在这种滴水成冰的时候，还能出汗，一定是赤脚大仙托生的。不信你试试！百见不如一"闻"。

我不想扫小鹿的兴，就把头缩进被子，但根本不喘气，然后很快地探出头来，说，喔，真的没什么味了。

小鹿很高兴，说露营的第三个好处是，可以增长你的天文学知识。你看，天上的星星亮得像猫眼！

我们的雨布虽然薄，但没破洞，只有从两侧的缝隙中，观察星空。铁锹做的帐篷杆和雨布的边缘构成的间隙，很不规则，像是一幅抽象图案。

我说，根本看不到天空的全貌，从我这个角度，北斗七星只能看到一个勺子把儿，牛郎只挑了一个孩子，那个丢了。

小鹿说，你以为我这儿完整吗？银河基本断流，蟹状星云变成了对虾的模样。

我说，哎哟，真了不起，还知道星云。

小鹿说，我妈妈最喜欢天文了，从小就教我。

于是，我们半天都不说话。最后还是小鹿打破了沉默，说我们别说妈妈，那样说一会儿就会流泪的，还是说星星吧。

我赶快拥护，说，就形容自己看到的天和星星的模样吧。

小鹿赶快说，好。

想念亲人就像大海中危险的台风眼，我们思维的小船要赶快掉转航向，飞速离开。

我摇头晃脑端详了半天说，从我这个角度看天空，它的轮廓像一棵宝蓝色的树冠，树上结着许多银色的榛子。

小鹿说，从我这边看啊，天空的形状像是一件天蓝色的礼服，那几颗最明亮的星星，就是礼服上的银扣子。

我调整了一下姿势，又说，从我的铁锹把侧面看过去，天像一扇敞开的钢蓝色大门，星星就是门上凸起的门钉。

小鹿也扭了身子说，我有一个比喻，你可不要笑我。你答应了，我就说。

我说，只要风和雪不笑你，我才不管呢。

小鹿说，从我这儿看上去，天空像极了一匹蓝色的奶牛。那些凸起的星星，就像奶牛的乳头，它们离我们这么近，好像一伸手就可以摸着。用嘴吸一吸，就会有蓝色的乳汁流出来。

我笑起来，说小鹿你是不是饿了或是渴了？

小鹿说，你一提醒，我才想起雪原上露营的最大好处，那就是你随时都有冰激凌吃。

小鹿说着，伸手到褥子下面去抓，我听到类似野兽爪子搔扒的声音，再以后是积雪被挤压的声音，最后是小鹿咯吱吱的嚼雪声和牙帮骨大肆打架的声音。

我们的身下，枕着一尺厚的白雪。领导宣布在这里露营以后，我埋头用铁锹拼命挖雪，一会儿就在身边堆起一座小雪山。领导走过来说，你这是干什么？

我说，把雪挖走才能把铁锹埋进土里当支柱，把帐篷支起来。

领导说，你这个傻女子，雪下面是冰，睡在冰地上，明天你的关节就像多年的螺丝钉淋了水，非得锈死不可。

我说，冰和雪还不一样吗？

领导说，当然不一样了。雪是新下的，并不算冷。你没听俗话说过，下雪不冷化雪冷吗？雪底下的永冻冰层，那才是最可怕的。睡在雪地上，就像睡在棉花包里，很暖和的。

我半信半疑，但实在没有力气把所有的冰雪都挖走，清理出足够

大面积安营扎寨，只好睡在雪上。这会儿看小鹿吃得很香，不由得也从身下掏一把雪吃。为了预防小鹿汗脚的污染，特地选了我脑袋这侧的积雪。

海拔绝高地带纯正无瑕的积雪，有一种蜂蜜的味道。刚入口的时候，粗大的颗粒贴在舌头上，冰糖一般坚硬。要过好半天，才一丝丝融化，变成微甜的温水，让人吃了没够。

一时间我们不作声，喀哧喀哧地吃雪，好像一种南极嗜雪的小野兽。我说，小鹿，你把床腿咽进去半截了。

小鹿说，你还说我，你把床头整个装进胃里了。

我们互相开着玩笑，没想到才一会儿，我和小鹿的身体都像钟摆一样哆嗦起来，好像有一双巨手在疯狂地摇撼着我们，这才感到雪的力量。

小鹿……我们……不能再……吃下去了，会……冻死。我抖着嘴唇说。

小鹿回答我，好……我不吃了……我发现，雪是越吃越渴……

我们把自己缩成小小的一团，借以保存最后的热量。许久，许久，才慢慢缓过劲来，被雪凝结的内脏有了一点暖气。

我有点困了。小鹿说。

困了就睡呗。我说，觉得自己的睫毛也往一起粘。

可是我很害怕。小鹿说。

怕什么？我们的枕头下面有手枪。真要遭到袭击，无论是鬼还是野兽，先给它一枪再说。周围都是帐篷，会有人帮助我们的。我睡意蒙眬地说。

小鹿说，我不是怕那些，是怕明早我们起来，会漂浮在水上。

我说，怎么会？难道会发山洪？

小鹿说，你是不是感到现在比刚才暖和了？

我说，是啊。刚才我就觉得暖和些了，所以才敢吃雪。吃了雪，就又凉了半天。现在好像又缓过劲来了。

小鹿说，这样不停地暖和下去，还不得把我们身下的雪，都焐化了？明天我们会在汪洋中醒来。

我说，别管那些了，反正我会游泳。

小鹿说，我不会。

我说，我会救你的。你知道在水中救人的第一个步骤是什么？

小鹿说，让我浮出水面，先喘一口气。

我说，不对。是一拳把你砸晕，叫你软得像面条鱼。你这样的胆小鬼，肯定会把救你的人死死缠住，结果是大家同归于尽。把你打昏后，才可以从容救你。

小鹿说，求求你，高抬贵手，还是不要把我砸晕。我这个人，本来脑子就笨，要是你的手劲掌握不准，一下过了头，还不得把我打成脑震荡，那岂不是更傻了？我保证在你救我的时候，不会下毒手玉石俱焚。

我说，哼，现在说得好听，到时候就保不齐了……

小鹿说，我们是同吃一床雪的朋友，哪儿会呢……

我们各自抱着对方的脚，昏昏睡去。

起床号把我们唤醒的时候，已是高原上另一个风雪弥漫的黎明。

我们赶忙跳起，收拾行装。待到我们把被褥收起，把帐篷捆好，才来得及打量了一眼昨晚上送我们一夜安眠的雪床。

咳！伤心极了，我们太高估了人体微薄的热量。雪地上不但没有任何发洪水的迹象，就连我们躺卧的痕迹，也非常浅淡，只有一个轻轻的压痕，好像不是两个全副武装的活人曾在此一眠，而是两片大树叶落在这里，又被风卷走了。只是在人形痕迹的两端，有几个不规则的凹陷，好像某种动物遗下的爪痕。

那是我们半夜吃雪的遗址。

生命中琐碎的时光

生命是有长度的，我们每个人最终都会走到死亡那一扇门前，所以思考好过程，把握当下的生命，让自己的每一分钟都变得快乐、有趣、有意义。

　　各位小朋友中朋友，咱们今天谈谈关于苦难的问题，你们可有兴趣？有人一定会捂着耳朵说，不听不听……说句心里话，我也怕谈这个难题，这对我也是一个大考验。咱们好像共同面对着一碗苦苦的药汤，要一口口慢慢地喝下去，有时还得咂着嘴回味一番，更是苦上加苦。可是中国有句古话，叫作"良药苦口利于病"，对于某些重要的命题，回避不是一个好法子，所以咱们就一块儿皱着眉咬着牙，坚持讨论下去吧。

　　我之所以不称你们为"老朋友"，不是因为咱们相识的时间还短，是因为你们的年龄比较小。我原来以为研究"苦难"这个大题目，要放在人比较成熟的时候——起码要到男孩下巴长出软软胡须，女孩身姿婀娜之后。可是，生活根本就不理会我们的安排，它我行我素，肆无忌惮。可以顷刻之间，就把严酷的灾难，比如山崩地裂，比如天灾人祸，比如父母离异，比如病魔降身……莅临到无数人头上，毫不对儿童和少年稍存体恤之情。

　　这就证明了一个铁一般冷酷的事实——苦难的降临是不以人的善良意志为转移的。它就像空气一样，围绕着成年人，也围绕着未成年人。对于注定要发生的风浪，单纯地依靠一厢情愿的堤坝，是无法躲避灾难的。更重要更有效的策略，是我们具备直面它的勇气，然后从容冷静坚定顽强地走过苦难，重建生活。

有一句说得很滥的话——"不要总是生活在童话中。"这话是什么意思呢？大概是说——童话虽然很美好，但现实生活中远不是那个样子。面对真实的生活的时候，我们要忘掉童话的气氛。

我不同意这种说法。其实在那些最优秀的童话里，是充满了苦难和对于苦难的抗争的。比如说"灰姑娘"吧。她小小的年纪，就失去了母亲，父亲也并不关爱她（在那个经典的故事中，没有对灰姑娘爸爸的具体描写，我估计不是作者的疏忽，而是灰姑娘的老爸乏善可陈。从他找的第二任夫人的品行可看出，这老先生对人的洞察能力不佳）。在继母的冷漠和姐姐们的白眼下生活，没法读书，做着力所不及的杂役……嗨！简直就是未成年人被家庭虐待的典型。

比如"卖火柴的小女孩"，更是悲惨已极。没有吃的，没有喝的，在节日的夜晚，还要光着脚在风雪中售卖火柴，以至于饥寒交迫冻饿而死……真是惨绝人寰的景象。依我在西藏雪域生活多年的经验，作家笔下所描绘的小女孩临死前所看到的温暖光明的家庭图画，其实很有科学依据。濒临冻僵的人，神经麻痹之后会出现神秘的幻觉——平日的理想都虚无缥缈地浮现出来了。包括小女孩脸上的笑容，也有医学基础。严寒会使人的肌肉强烈痉挛，我当过多年的医生，所见过的被冻死的人，表情都好似在微笑……

再说"白雪公主"。亲妈早早逝去，后母不容，因为嫉妒她的美丽，竟然雇了杀手要取她首级。好不容易死里逃生，被好心的小矮人收留。为了报答恩人，她从高贵的公主摇身一变，成了打扫家务烹炸菜肴的小时工，这个落差不可谓不大。就这样，她的厄运还远远未终结，后母死死追杀，最后被毒苹果险些夺去红颜……

怎么样？以上所谈童话中的阴谋与死亡、贫困与灾难……其力度和惨烈，就是今人，也要为之垂泪吧？

我还可以举出许多。比如小人鱼变鳍为脚的痛楚，小红帽面对狼外婆的恐惧，孙悟空戴上紧箍的折磨和唐僧九九八十一难的艰辛……怎么样，我说得不错吧？童话并不遮盖苦难，它们比今天那些搞笑的故事，更多悲凉和灾难的警策。

也许是因为童话多半有一个光明的结尾，好人得到神灵相助，就使人们忽略了那些惨淡的忧郁，以为童话总是祥云笼罩，这实在是一个大误会。

小朋友和中朋友们，说句真心话，依我这些年跋山涉水走南闯北的经验，苦难就像感冒，几乎是不可避免的。如果谁告诉你们世界永远是阳光灿烂，请记住——他是一个骗子。

灾难埋伏在我们前进的拐弯处，不知何时会突袭我们。怕，是没什么用的。我们不能取消灾难，能够做到的就是面对灾难不屈服。

灾难会带给我们巨大的痛苦，亲人丧失、房屋坍塌、财产毁坏、学业中断、断臂失明、瘫痪失语、孤苦无依、诬陷迫害……这些词令人窒息，我都不忍心写下去了。但我深深知道，以上绝境还远远不是灾难的全部，在人生过程中，还有大大小小许许多多匪夷所思的艰涩，会不期而遇。

既然灾难不可避免，灾难之后，我们怎么办？我想答案一定是形形色色的，不过万变不离其宗，大致可以分为两大类。

一条路是——我们可以终日啼哭，用泪水使太平洋的海平面上升。我们可以一蹶不振徘徊在墓地，时时沉湎在对亲人的怀念和追悼

每一次卓越
都来自
倔强的孤独

中。我们可以怨天尤人，愤问苍穹的不公和大自然的残忍。我们可以从此心地晦暗，再也不会欢笑和宽容。

沿着这条路一直走下去，那结局是末日的黑色和冰冷。

还有一条路是——我们拭干眼泪，重新唤起生的勇气。掩埋了亲人之后，我们努力振奋新的精神，以告慰天上的目光。我们更珍惜生命的价值和意义，争取用自己的存在让这颗星球更美。我们对他人更多温情和宽厚，因为我们从患难中理解了友谊和支援……

沿着这条路走下去，那结局是火焰般的橘黄色，明媚温暖。

小朋友和中朋友们，这两条路可是南辕北辙啊。灾难之后，何去何从，千万三思而后行！

灾难是一把双刃剑，可以把一个人从精神上杀死，也可以把他锻造得更加坚强。所以，选择非常重要。

如果说，何时我们遭遇灾难，是不受我们控制的，但灾难之后我们如何走过灾难却是我们一定能掌握的。在灾难的废墟上，愿生命之树依然常青。

有很多的东西，当你不懂的时候，你还年轻；当你懂得了以后，你已年老。

你只需要努力，剩下的交给时光。

天使和魔鬼的数量

一天，突然想就天使和魔鬼的数量，做一番民意测验。先问一个小男孩儿，你说是天使多啊还是魔鬼多？孩子想了想说，天使是那种长着翅膀的小飞人，魔鬼是青面獠牙要下油锅炸的那种吗？我想他脑子中的印象，可能有些中西合璧，天使是外籍的，魔鬼却好像是国产的。纠正说，天使就是好神仙，很美丽。魔鬼就是恶魔王，很丑的那种。简单点讲，就是好的和坏的法力无边的人。

小男孩儿严肃地沉默了一会儿，说，我想还是魔鬼多。

我穷追不舍问，各有多少呢？

孩子回答，我想，有一百个魔鬼，才会有一个天使。

于是我知道了，在孩子的眼中，魔和仙的比例是一百比一。

又去问成年的女人。她们说，婴孩生下的时候，都是天使啊。人一天天长大，就是向魔鬼的路上走。魔鬼的坏子在男人里含量更高，魔性就像胡子，随着年纪一天天浓重。中年男人身上，几乎都能找到魔鬼的成分。到了老年，有的人会渐渐善良起来，恢复一点天使的味道。只不过那是一种老天使了，衰老得没有力量的天使。

我又问，你以为魔鬼和天使的数量各有多少呢？

女人们说，要是按时间计算，大约遇到十次魔鬼，才会出现一次天使，天使绝不会太多的。天使聚集的地方，就是天堂了，你看我们周围的世界，像是天堂的模样吗？

在这铁的逻辑面前，我无言以对，只有沉默。于是去问男人，就是被女人称为魔性最盛的那种壮年男子。他们很爽快地回答，天使吗，多为小孩和女人，全是没有能力的细弱种类，缥缈加上无知。像蚌壳里面的透明软脂，味道鲜美但不堪一击。世界绝不可能都由天使组成，太甜腻太懦弱了。魔鬼一般都是雄性，虽然看起来丑陋，但腾云驾雾，肌力矫健，掌指间呼风唤雨，能量很大。

我说，数量呢？按你的估计，天使和魔鬼，各占世界的多少份额？

男人微笑着说，数量其实是没有用的，要看质量。一个魔鬼，可以让一打天使哭泣。

我固执地问下去，数量加质量，总有个综合指数吧？现在几乎一切都可用数字表示，从人体的曲线到原子弹的当量。

男人果决地说，世上肯定有许多天使，但在最终的综合实力上，魔鬼是"一"，天使是"〇"。当然，"〇"也是一种存在，只不过当它孤立于世的时候，什么也没有，什么也不是。不代表任一，不象征实体。留下的，唯有惨淡和虚无。无论多少个零叠加，都无济于事。圈环相套，徒然摞起一口美丽的黑井，里面蛰伏着天使不再飘逸的裙裾和生满红锈的爱情弓箭。但如果有了"一"挂帅，情境就大不一样了。魔鬼是一匹马，使整个世界向前，天使只是华丽的车轮，它无法开道，只有辚辚地跟随其后，用模糊的车辙掩盖跋涉的马蹄印。后来的人们，指着渐渐淡去的轮痕说，看！这就是历史。

我从这人嘴里，听到了关于天使和魔鬼最悬殊的比例，零和无

穷大。

我最后问的是一位老年人。他慈祥地说，世上原是没有什么魔鬼和天使之分的，它们是人幻想出来的善和恶的化身。它们的家，就是我们的心。智者早已给过答复，人啊人，一半是天使，一半是魔鬼。

我说，那指的是在某一刻在某一个人身上。我想问的是古往今来，宏观地看，人群中究竟是魔鬼多，还是天使多？假如把所有的人用机器粉碎，离心沉淀，以滤纸过滤，被仪器分离，将那善的因子塑成天使，将那恶的渣滓捏成魔鬼，每一品种都纯正地道，制作精良，将它们壁垒分明地重新排起队来，您以为哪一支队伍蜿蜒得更长？

老人不看我，以老年人的睿智坚定地重复，一半是天使，一半是魔鬼。

不管怎么说，这是在我所有征集到的答案里，对天使数目最乐观的估计。

我又去查书，想看看前人对此问题的分析判断。恕我孤陋寡闻，只找到了外国的资料，也许因为"天使"这个词原本就是舶来的。

最早的记录见于4世纪，基督教先哲，亚历山大城主教、阿里乌斯教派的反对者圣阿塔纳西曾说过："空中到处都是魔鬼。"

与他同时代的圣马卡里奥称魔鬼："多如黄蜂。"

1467年，阿方索·德·斯皮纳认为当时的魔鬼总数为一亿三千三百三十一万六千六百六十六名（多么精确！魔鬼的户籍警察真是负责）。一百年以后，也就是16世纪中叶，约翰·韦耶尔认为魔鬼的数字没有那么多，魔鬼共有六百六十六群，每群六千六百六十六个魔鬼，由六十六位魔王统治，共有四百多万名。随着中世纪蒙昧时代的结束，关于魔鬼的具体统计数目，就湮灭在科学的霞光里，不再见诸书籍。

那么天使呢？在魔鬼横行的时代，天使的人口是多少？这是问题的关键。据有关记载，魔鬼数目最鼎盛的 15 世纪，达到一亿二千万时，天使的数目是整整四亿！

我在这数字面前叹息。

人类的历史上，由于知识的蒙昧和神化的想象，曾经在传说中勾勒了无数魔鬼和天使的故事，在迷蒙的臆想中，在贫瘠的物质中，在大自然威力的震慑中，在荒诞和幻想中，天使和魔鬼生息繁衍着，生死搏斗着，留下无数可歌可泣的故事。祖先是幼稚的，也是真诚的。他们对世界的基本判断，仍使今天的我们感到震惊。即使是魔鬼最兴旺发达的时期，天使的人数也是魔鬼的三倍。也就是说，哪怕在最黑暗的日子里，天使依旧占据了这个世界的压倒性多数。

当我把魔鬼和天使的统计数据，告诉他人的时候，不知为什么，许多人显出若有所失的样子，疑惑地问，天使，真的曾有百分之七十五那么多吗？

我反问道，那你以为天使应该有多少名呢？

他们回答，一直以为世上的魔鬼，肯定要比天使多得多！

为什么我们已习惯撞到魔鬼？为什么普遍认为天使无力？为什么越是对世界一无所知的孩童，越把魔鬼想象为无敌？为什么女人害怕魔鬼，男人乐以魔鬼自居？为什么老境将至时，会在估价中渐渐增加天使的数目？为什么当科学昌明，人类从未有过的强大以后，知道了世上本无魔鬼和天使，反倒在善与恶的问题上，大踏步地倒退，丧失了对世间美好事物的向往与信赖？

把魔鬼的力气、智慧、出现的频率和它们掌握的符咒，以及一切威力无穷的魑魅魍魉手段，整合在一起，我相信那一定是天文规模的数字。但人类没有理由悲观，要永远相信天使的力量。哪怕是单兵较量的时候，一名天使打败不了一个魔鬼，但请不要忘记，天使的数目，比起魔鬼来占了压倒性优势，团结就是力量。如果说普通人的团结都可点土成金，天使们的合力，一定更具有斗转星移的神功。

感谢祖上遗留给我们的宝贵遗产，天使的基数比魔鬼多。推断下来，天使的力量与日俱增，也一定比魔鬼强大。这种优势，哪怕是只多出一个百分点，也是签发给人类光明与快乐的保证书。反过来说，魔鬼在历史的进程中，也必定是一直居着下风。否则的话，假如魔鬼多于天使，它们苔藓一样蔓延，摩肩接踵，群魔乱舞，人间早成地狱。

人类一天天前进着，这就是天使曾经胜利和继续胜利的可靠证据。

更不消说，天使有时只需一个微笑，就会让整座魔鬼的宫殿坍塌。

每只小狗都有一个目标

有一对夫妇有两个孩子，一个叫莎拉，一个叫克里斯蒂。当孩子还小的时候，父母决定为他们养一只小狗。小狗抱回来以后，他们想请一位朋友帮忙训练这只小狗。他们搂着小狗来到朋友家，安然坐下。在第一次训练前，女驯狗师问："小狗的目标是什么？"夫妻俩面面相觑，很是意外，他们实在想不出狗还有什么另外的目标，嘟囔着说："一只小狗的目标？那当然就是当一只狗了。"女驯狗师极为严肃地摇了摇头说："每只小狗都得有一个目标。"

夫妇俩商量之后，为小狗确立了一个目标——白天和孩子们一道玩，夜里要能看家。后来，小狗被成功地训练成了孩子的好朋友和家中财产的守护神。

这对夫妇就是美国的前任副总统阿尔·戈尔和他的妻子迪帕，他们牢牢地记住了这句话——做一只狗要有目标。推而广之，做一个人也要有目标。

在现实生活中，却有太多太多的人，没有目标。其实寻找目标并不是一件太难的事，关键是你要知道天下有这样一件唯此为大的事，然后尽早来做。正是你自己你需要一个目标，而不是你的父母或是你的老师或是你的上级需要它。它的存在，和别人的关系都没有和你的

每一次卓越
都来自
倔强的孤独

关系那样密切。也就是说，它将是你最亲爱的伙伴，其血肉相连的程度，绝对超过了你和你的父母，你和你的妻子儿女，你和你的同伴和领导的关系。你可能丧失了所有的财产和所有的亲人，但只要你的目标还在，就还有一个完整的系统存在，你就并不孤独和无望。

我们常常把别人的期待当成自己的目标，在孩童的时候，这几乎是顺理成章的事情。但是，你会渐渐地长大，无论别人的期望是怎样的美好，它也不属于你。除非有一天，你成功地在自己的心底移植了这个期望，这个期望生根发芽，长成了你目标。那时，尽管所有的枝叶都和原本的母本一脉相承，但其实它已面目全非，它的灵魂完完全全只属于你，它被你的血脉所濡养。

我们常常把世俗的流转当成自己的目标。这一阵子崇尚钱，你就把挣钱当成了自己的目标。殊不知钱只是手段而非目标，有了钱之后，事情远远没有结束。把钱当成目标，就是把叶子当成了根。目标是终极的代名词，它悬挂在人生的瀚海之中，你向它航行，却永远不会抵达。你的快乐就在这跋涉的过程中流淌，而并非把目标攫为己有。从这个意义上说，钱不具备终极目标的资格。过一阵子流行美丽，你就把制造美丽保存美丽当成了目标。殊不知美丽的标准有所不同，美丽是可以变化的，目标却是相当恒定的。美丽之后你还要做什么？美丽会褪色，目标却永远鲜艳。

有人把快乐和幸福当成了终极目标，这也值得推敲。快乐并不只是单纯的快感，类乎饮食和繁殖的本能。科学家们通过研究，发现最长远最持久的快乐，来自于你的自我价值的体现。而毫无疑问，自我价值从属于你的目标感，一个连目标都没有的人，何谈价值呢？！

一棵树的目标也许是雕成大厦的栋梁，也许是撑一把绿伞送人阴凉。也许是化作无数张白纸传递知识，也许是制成一次性筷子帮人大快朵颐……还有数不清的可能性，我们不是树，我们不可能明白树的心思。我们是人，我们可以为自己确立一个目标，这是做人的本分之一。

等待你的第二颗糖

时间：很多年前的一个稍稍有点闷热的午后。

地点：得克萨斯州一个小镇小学的校园里。

氛围：空气中弥漫着苹果花的气味。

人物：这所小学中某个班的八名学生，他们是被随意挑出来的，并不是成绩特别的好或是特别的坏。总之，他们是普通的孩子，活泼好动，充满好奇。

故事就在漫不经心中开始了。老师领着他们，走进了校长室旁边一间很大的房子，房子有明晃晃的落地窗，看得见长尾巴的喜鹊和跳跃的小松鼠。孩子们都很高兴，与众不同总是令人兴奋的，为什么没有挑中别的孩子呢？为什么仅仅是我们八个人呢？一定要发生点什么的，在这春天的午后。

但是，在相当长的时间内，什么事也没有发生。正当孩子们开始不安的时候，老师来了。老师不是单独的一个人，跟在她后面的是一个三十多岁的男人，孩子们谁也不认识他。不过，这男人看起来很和气，他笑眯眯地走到八个孩子中间，给每个人发了一颗穿着美丽外衣的糖果。男人说："这颗糖果是我送给你的，从现在开始，它就属于你啦！"

一个孩子欢呼跳跃起来说:"那我就可以把它吃掉了?"

男人说:"当然啦!它是你的,你可以随时吃掉它,一点问题也没有。不过啊,一会儿我会出去一趟,如果谁能坚持着不吃掉这颗糖,而是等我回来以后再吃,你就会得到两颗同样的糖果作为奖励。"说完他和老师一起转身离开了。

漫长的等待开始了,尤其对小孩子来说,面对一颗诱人糖果的等待,简直可算是残酷的形容词折磨。那个谁也不认识的男人走出去好像很久了,谁知道他说的话算不算数呢?他到底还会不会回来呢?他回来以后,真的还会带回来同样好吃的糖果分给大家吗?

没有人回答孩子们的问题。许诺像一滴涸开的墨水,随着时间水域的扩大,越来越模糊了。只有那颗美丽的糖果,真真切切地横在每个孩子的面前,证明刚刚那个男人确实出现过。时间一分一秒地过去,男人石沉大海,糖果在孩子们的眼里,变得越来越大了。

终于,有一个孩子忍不住了,他伸手剥掉了精美的糖纸,把糖一口放进了自己的嘴巴,并且不由自主地"吧嗒"出声来。就算他不出声,空气中立刻飘荡起来的美妙气味,也让别的孩子垂涎欲滴。既然每个人都有一颗糖,既然这颗糖本来就是自己的,既然已经有人开始吃了,并且如此好吃,我为什么不吃呢?

榜样的力量是无穷的,又有几个孩子忍不住了,他们抓起自己眼前的精美糖果,三下五除二地剥开了糖果外衣,空中充溢着甜香,糖纸如彩蝶飘落在地。不过,并不是所有的孩子都吃了糖,仍有一半以上的孩子,拼命咽着口水,忍受着诱惑,控制着自己。等得地老天荒啊,那个陌生而和蔼的男人,终于回来了,而且他真的抱着一个糖罐,那些坚守着没有吃糖的孩子们,每人又得到了两颗糖。

每一次卓越
都来自
倔强的孤独

现在，局面发生了逆转。那些抵御住了诱惑并坚持等待的孩子，一共得到了三颗糖，那些早早地就把自己的那颗糖咽到肚子里去的孩子，只剩下了一张皱缩的糖纸。

这个等待的时间，有多久呢？四十分钟。四十分钟对于一个成人来说，算不了太久，但对于一个世事懵懂的孩子来说，几乎相当于数年。

这是心理学上一个经典的实验，名字叫作"延迟满足"。上面所说的过程，并不是实验的全部，而只是一个稍带悬念的开始。那个陌生的男人，是一位心理学家。他像影子一样，开始跟踪这八个孩子，时间长达整整二十年。最后的研究成果证明，凡是能够抵御短暂的诱惑，达到"延迟满足"的学生，数学、语文的成绩，要比那些熬不住、早早就吃了糖的学生，平均要高出二十分。这还不算完，等到参加工作后，能够做到"延迟满足"的人，基本上不会在困难面前低头，他们比较坚韧，多能走出困境获得成功。

这个实验证明，能够抵御唾手可得的利益，是一种优良的心理素质。通过努力得到许诺，并不是一件容易的事情。很多人等不住，被眼前的蝇头小利所诱惑，一叶障目，不见泰山，最后反倒是因小失大两手空空。

也许有人说，如果有人告知我，一定会有好的前程在远方等待，那么，我也是能等的，最怕的是你等了很久很久，却没有等到你的第二颗糖。

是的，当我第一次得知这个实验的时候，也心存疑惑。人生并没有一个和蔼的老者或是中年人，发给我们第一颗糖。也不曾许诺在遥远或是并不遥远的将来，一定会有第二颗糖，披着彩衣款款而来，生活充满了未知数，却并不都是甜蜜。

那么，这个实验的真髓是什么呢？

是忍耐和等待。在未知结果的情形下，安之若素的坚守。

如果你早早知道了结果，那坚守的过程，更像是投资或是投机。因为你知道你的每一分钟都会有回报，骨子里是一种交换。对于这样成色不纯的忍耐，我的敬意就会打折扣。

真正的坚守，是没有人给予你任何承诺的，流逝的只是岁月，子存的只是信念。一种苍凉中的无望守候，维系意志的只有心的一往无前。人总是要信点什么的，这不是因为别人的要求，纯粹是自发的本能。如果你什么都不信，那你靠什么来规定自己本能之上的追索呢？你必得信点什么，最主要是坚信我们的生命是有意义的。这个意义不在于有没有外在的奖励，有没有别人的评价，只存乎我们一心，对生命的敬畏，对岁月的仰视。

也许我们始终等不到那第二颗糖，但等待依然是有意义的，因为无限的可能性存在于等待的分分秒秒中。

过去
不等于
未来

在新泽西州市郊的一座小镇上,一个由二十六个孩子组成的班级被安排在教学楼最里面一间光线昏暗的教室里。他们中所有的人都有过不光彩的历史:有人吸过毒,有人进过管教所,有一个女孩子甚至在一年之内堕过三次胎。家长拿他们没办法,老师和学校也几乎放弃了他们。

就在这个时候,一个叫菲拉的女教师担任了这个班的辅导老师。新学年开始的第一天,菲拉没有像以前的老师那样,首先对这些孩子进行一顿训斥,给他们一个下马威,而是为大家出了一道题:

有三个候选人,他们分别是——

A. 笃信巫医,有两个情妇,有多年的吸烟史,而且嗜酒如命;

B. 曾经两次被赶出办公室,每天要到中午才起床,每晚都要喝大约一公升的白兰地,而且曾经有过吸食鸦片的记录;

C. 曾是国家的战斗英雄,一直保持素食习惯,热爱艺术,偶尔喝点酒,年轻时从未做过违法的事。

菲拉给孩子们的问题是:

如果我告诉你们,在这三个人中,有一位会成为众人敬仰的伟人,你们认为会是谁?猜想一下,这三个人将来各自会有什么样的命运？

对于第一个问题，毋庸置疑，孩子们都选择了 C；对于第二个问题，大家的推论也几乎一致：A 和 B 的命运肯定不妙，要么成为罪犯，要么就是需要社会照顾的废物。而 C 呢，一定是一个品德高尚的人，注定会成为精英。

然而，菲拉的答案却让人大吃一惊，"孩子们，你们的结论也许符合一般的判断，但事实是，你们都错了。这三个人大家都很熟悉，他们是二战时期的三个著名人物——A 是富兰克林·罗斯福，他身残志坚，连任四届美国总统；B 是温斯顿·丘吉尔，英国历史上最著名的首相；C 的名字大家也很熟悉，他叫阿道夫·希特勒，一个夺去了几千万无辜生命的法西斯元首。"学生们都呆呆地瞅着菲拉，他们简直不相信自己的耳朵。

"孩子们，"菲拉接着说，"你们的人生才刚刚开始，以往的过错和耻辱只能代表过去，真正能代表一个人一生的，是他现在和将来的所作所为。

"每个人都不是完人，连伟人也有过错。从过去的阴影里走出来吧，从现在开始，努力做自己最想做的事情，你们都将成为了不起的优秀的人才……"

菲拉的这番话，改变了二十六个孩子一生的命运。如今这些孩子都已长大成人，他们中有的做了心理医生，有的做了法官，有的做了飞机驾驶员。

值得一提的是，当年班里那个个子最矮，也最爱捣乱的学生罗伯特·哈里森，后来成了华尔街上最年轻的基金经理人。

"原来我们都觉得自己已经无可救药，因为所有的人都这么认为。

每一次卓越
都来自
倔强的孤独

是菲拉老师第一次让我们觉醒：过去并不重要，我们还有可以把握的现在和将来。"孩子们长大后这样说。

有一位心理学家说过这样的话：你对孩子怎样描述，他们就怎样以你描述的样子成长。你说他是个无赖，他就会慢慢变得像个无赖；你说他聪明，他就可能真的变得十分聪明。

许多成人不断在用自己的偏见扼杀孩子的美质，他们自己却一点儿都不知道。

我爱
我的性别

除极少数人以外，每个人都有一个明确的性别，这是一种先天的必然。不过，就像不是所有的人都接受他们的长相一样，很多人不爱自己的性别。

不爱自己的性别的人，是自卑的人，是不快乐的人，甚至——是悲惨的人。

细细分析，什么样的人最不爱自己的性别呢？也就是说，是男人不爱自己是男人，还是女人不爱自己是女人呢？

我想，不用做特别周密的调查就可以发现，在不喜欢自己性别的人群当中，女人占了大多数。

我也在其中。在过去很长的一段时间内，我不喜欢自己的性别。总在想，如果有可能的话，我愿意下辈子变成男人。

当然，我的决心还不够大，如果足够大的话，我可以去做变性手术，那么这辈子就可以变成男人了。

为什么不喜欢自己的性别呢？说来话长。在我还没有性别这个概念的时候，是无所谓喜欢还是不喜欢的，就像我们没有特别的喜欢还是不喜欢自己的手和脚。你喜欢也罢，不喜欢也罢，它都忠实地追随着你，默默无言地为你贡献着力量，你总不能把它砍了剁了。如果不出意外，你得驮着它们到生命的尽头。

让我开始不喜欢我的性别的，是这个社会中的文化。它把一种弱者的荆棘之冠，戴到了女性的头上。你是一个女人，你就打上了先天的"红字"，无论你多么努力，都将堕入次等公民的行列。

在白雪皑皑的世界屋脊，我是一名用功的医生。一次，司令员病了，急需诊治。刚开始派去的都是男性，但不知是司令员的威仪吓坏了他们，还是高寒缺氧让病情复杂难愈，总之，疗效不显，司令员渐趋重笃。病榻上的将军火了，大发脾气道，还有没有像样的兵了？于是领导派我出这趟苦差。也许是病势沉重的司令员，在我眼里同一个瘦弱的老农没多大区别，手起针落，该怎么治就怎么治。也许是前头的治疗如同吃进了三个包子，轮到我这第四个包子的时候，幸运已然降临。总之，他渐渐地康复了。几天后，司令员终能勉强坐起，批阅文件调度军队了……深夜，他看着忙碌的我，突然长叹道，可惜啦！你是个女的。我说，女的有什么不好？司令员说，如果是个男的，我就提你当参谋。以后，兴许你能当上参谋长。可你是个女的，这就什么都瞎了……

那一刻，仿佛昆仑山万古不化的寒冰，崩入我心田。我知道了有一种与生俱来的羞辱，从此将朝夕跟随于我。无辜的我，要背负着性别这个深渊般的负数，直到永远。无论怎样努力，它都将如魔鬼般地冲抵着成绩，让我自轻自侮。前面，是透明的气囊，阻滞我的步伐，上面，是透明的天花板，遮挡我飞翔……

后来，在漫长的岁月里，经过了痛苦的学习和反思，我才领悟到——我的性别是我不可分割的一部分，它无罪。

人类的性别，是人类的进化与分工，它是人类的骄傲。人为地将

性别划分出高尚的和卑贱的区别，是一种偏见和愚昧。

女性，这一神圣的性别，和男性具有同样的思索与行动的能力。因此，她是平等和光荣的。她所具有繁衍哺育后代的结构和职责，更使她辛劳和伟大。

我的性别，如同我的身体、我的大脑，我无条件地接纳它。

于是，我热爱我的性别。

致不美丽的女孩子

有一天，我收到了一封读者来信，撕开之后，落下来一张照片。先看了照片，没什么特别的感觉，待看了信件之后，心脏的部位就有些酸胀的感觉。我赶快伏案，写了一封回信。现在征得那位女孩子的同意，把她的信和我的回复一并登出来，但愿她的父母会看到。

毕阿姨：您好！

我有一个痛彻心扉的问题。我的爸爸妈妈都长得很好看，简直就是美女和帅哥的超级组合（他们那个年代还没有这样时髦的词，好像用的是"秀丽"和"精干"这两个形容词）。人们都以为他们会生出金童玉女来，可惜我就恰恰取了他们的缺点组合在一起了，长得一点儿也不漂亮。我从小就习惯了人们见到我时的惊讶——哟，这个小姑娘长得怎么一点也不像她的爸爸妈妈啊！最令人伤感的是，我爸爸妈妈也经常会这么说，同时面露极度的失望之色。为此，我非常难过，也不愿和他们在一起走。现在唯一的希望就是他们快快老起来，那时候，他们就不会太好看了，而我还年轻，是不是可以弥补一下先天的不足啊？您说呢？寄上一张我的照片，但愿不会吓着您。

肖晓

每一次卓越都来自倔强的孤独

肖晓：你好！

　　我看到了你寄来的照片，情况不像你说得那样悲惨啊！相片上，你是一个很可爱很阳光的少女哦！也许你的父母真是美男子和美女的超级组合（遗憾你没有寄来一张合影，那样的话，我也可以养养盯着电脑太久而昏花的双眼了），在这样的父母笼罩之下，真是很容易生出自卑的感觉，此乃人之常情，你不必觉得是自己的错。不过，如果你的父母也这样埋怨你，你尽可以据理力争。找一个至爱亲朋大聚会的场合，隆重地走到众人面前，一本正经地说，嗨，大家请注意，我是一件产品，内在的质量还是很好的，至于外表，那是把我制造出来的设计师的事，你们如果有意见，就找他们去提吧，或者把产品退回去要求返修，把外观再打磨一下。但愿当你说完这番话之后，大家就会面面相觑，微笑着不再说什么了。

　　人们总是非常愿意评价他人的长相，有时单凭长相就在第一时间做出若干判断。这也许是从远古时代就流传下来的一种近乎本能的习惯，那时候的人会凭借着长相，判断对方和自己是不是同属于一个部落和宗族，是不是有良好的营养和体力，甚至性情和脾气也能从面部皱纹的走向看出端倪来。现代人有了很多进步，但在以貌取人这方面，基本上还在沿用旧例，改变不大。有一句流传很广的话是这样说的——人的长相这件事，在三十五岁之前是要父母负责的，但在三十五岁之后，就要自己负责了。我有时在公园看到面目慈祥很有定力的老妇人，心中就会充满了感动。要怎样的风霜才能勾勒出这样的线条和风采，我们看到的不再是先天的美貌桑叶，它们已经被岁月之蚕噬咬得只剩下筋络，华贵属于天地的精华和不断蜕皮的修炼。

　　从相片上看你还很年轻，长相的公案，目前就推给你的父母吧。

我希望你健康地长大，但中年以后的事，恐怕就要你自己负责了。如果你实在不想再听这些议论了，唯一的办法是找到一卷无边无际的胶带，牢牢地糊住他们的嘴巴。看到这里，我猜你会说，你开得这个方子好是好，可我现在到哪里去找那卷无边无际的胶带呢？就是找到了，我能不能买得起？

这卷胶带在哪里，我也不知道。它是怎样的价钱，我也不知道。找找看吧，到网上搜索一番，请大家一齐帮忙找。如果实在是上穷碧落下黄泉也找不到，就只有最后一个法子，那就是让人们说去吧，你可以我行我素，依然快乐和努力地干自己想干的事。

祝好！

毕淑敏

写下你的墓志铭

　　那一年，我和朋友应邀到某大学演讲。关于题目，校方让我们自选，只要和青年的心理有关即可。朋友说，她想和学生们谈谈性与爱。这当然是一个极为重要的问题，只是公然把"性"这个字放进演讲的大红横幅中，不知校方可会应允？变通之法是将题目定为"和大学生谈情与爱"，如求诙谐幽默，也可索性就叫"和大学生谈情说爱"。思索之后，觉得科学的"性"，应属光明正大范畴，正如我们的老祖宗说过的"食色，性也"，是人的正常需求和青年必然遭遇之事，不必遮遮掩掩。把它压抑起来，逼到晦暗和污秽之中，反倒滋生蛆虫。于是，朋友就把演讲题目定为"和大学生谈性与爱"。这期间我们也有过小小的讨论，是"性"字在前，还是"爱"字在前？商量的结果是"性"字在前。不是哗众取宠，觉得这样更符合人的进化本质。

　　感谢学校给予我们的信任和支持，朋友的演讲题目顺利通过了，但紧接着就是我的题目怎样与之匹配。我打趣说，既然你谈了性与爱，我就配套谈谈生与死吧。半开玩笑，不想大家听了都说"OK"，就这样定了下来。

　　我有些傻了眼，不知道当今的年轻人对"死亡"这个遥远的话题是否感兴趣？通常人们想到青年，都是和鲜花绿草黑发红颜联系在一起，与衰败颓弱委顿凄凉的老死似乎毫不相干。把这两极牵扯一处，除了冒险之外，我也对自己的能力深表怀疑。

死是一个哲学命题，有人戏说整个哲学体系，就是建立在死亡的白骨之上。我深知自己不是一个哲学家，思索死亡，主要和个人惧怕死亡有关。在我四五岁时，一次突然看到路上有人抬着棺材在走，我问大人，这个盒子里装着什么？人家答道，装了一个死人。当时我无法理解死亡，只觉得棺材很小，一个人躺在里面，蜷起身子像个蚕蛹，肯定憋得受不了……于是小小的我，产生了对死亡的惊奇和混乱。这种惊奇和混乱，使我在相当一段时间内对死亡很感兴趣。我个人有着数十年从医经历，在和平年代，医生是一个和死亡有着最亲密接触的职业。无数次陪伴他人经历死亡，我不能不对这种重大变故无动于衷。还有很重要的一点，就是我十几岁就到了西藏，那里严酷的自然环境和孤寂的旷野冰川，让我像个原始人似的，思索着"人从哪里来"、"要到哪里去"这类看似渺茫的问题。

反正由于我脱口而出的一句话，演讲题目就这样定了下来，无法反悔。我只有开始准备资料。

正式演讲的时候，我心中忐忑不安。会场设在大礼堂，两千多个座位满满当当，过道和讲台上都有学生席地而坐。题目沉重，我特别设计了一些互动的游戏，让大家都参与其中。

演讲一开始，我做了一个民意测验。我说大家对"死亡"这个题目是不是有兴趣，我心里没底。我不知道有多少人在看到这个题目之前，思索过死亡？

此语一出，全场寂静，然后一只只臂膀举了起来。那一瞬，我诧异和讶然。我站在台上，可以综观全局，我看到几乎一半以上的青年

人举起了手。我明白了有很多人曾经认真地想过这个问题，比我以前估计的比率要高很多。后来，我还让大家做了一个活动——书写自己的墓志铭。有几分钟的时间，整个会堂安静极了，谁要是那一刻从外面走过，会以为这是一间空室，其实数千莘莘学子正殚精竭虑思考人生。从讲台俯瞰下去（我其实很不喜欢这种高高在上的讲台，给人以压迫之感。我喜欢平等的交谈，不单在态度上，而且在地理位置上，大家也可平视。但校方说没有更合适的场地了），很多人咬着笔杆，满脸沧桑的样子。我很抱歉地想到，这个不祥的题目，让风华正茂的青年人提前——老了。

大约五分钟之后，台下的脸庞如同葵花般地仰了起来。我说："写完了吗？"

齐声回答："写完了。"

我说："好，不知有没有哪位同学，愿意走上台来，面对着老师和同学，念出自己的墓志铭？"

出现了一片海浪中的红树林。我点了几位同学，请他们依次上来。但更多的臂膀还在不屈地高举着，我只好说："这样吧，愿意上台的同学就自动地在一旁排好队。前边的同学讲完之后，你就上来念。先自我介绍一下，是哪个系哪个年级的，然后朗诵墓志铭。"

那一天，大约有几十名同学念出了他们的墓志铭，后来，因为想上台的同学太多，校方不得不出动老师进行拦阻。

这次讲演，对我的教育很大。人们常常以为死亡是老年人才需要考虑的问题，这是误区。人生就是一个向着死亡的存在，在我们赞美生命的美丽、青春的活力的时候，我们其实就是肯定了死亡的必然和老迈的合理性。试想一下，如果没有死亡，地球上早就被恐龙霸占着，连猴子都不知在哪里哭泣，更遑论人类的繁衍！

从我们每个人一出生，生命之钟的倒计时就开始了。当我写下这些字迹的时候，我就比刚才写下题目的时刻，距离自己的死亡更近了一点。面对着我们生命有大限存在这样一个残酷的事实，尤论是年老或年轻，都要直面它的苛求。

现代生活节奏越来越快，我们独处的空间越来越逼仄，思索的时间越来越压缩。但死亡并不因为我们的忙碌而懈怠，它步履坚定地、持之以恒地向我们走来。现代医学把死亡用白色的帏帐包裹起来，让我们不得而知它的细节，但死亡顽强前进，它是无所不能的，没有任何力量能够抗拒它。

一个人年轻的时候就思索死亡，和他老了才思索死亡，甚至死到临头都不曾思索过死亡，是完全不同的境界。知道有一个结尾在等待着我们，对生命的宝贵，对光明的求索，对人间温情的珍爱，对丑恶的扬弃和鞭挞，对虚伪的憎恶和鄙夷，都要坚定很多。

那天在礼堂的讲台上，有一段时间，我这个主讲人几乎完全被遗忘了，一个又一个年轻的生命为自己设计的墓志铭，将所有的心震撼。

有一个很腼腆的男孩子说，在他的墓志铭上将刻下——这里长眠着一位中国籍的诺贝尔奖获得者。

台下响起了热烈的掌声。我想，不管他一生是否能够真正得到这个奖，但他的决心和期望，已经足够赢得这些掌声。

一个清秀的女孩子说，她的墓志铭上将只有一行字：一位幸福的女人。

还有一个男生说："我的墓志铭上会写着——我笑过，我爱过，我活过……"

这些年轻的生命，因为思索死亡而带给了自己和更多人力量。

无数生命的演变，才有了我们的个体。在这一点上，我们不单要感谢我们的父母，而且要感谢我们的祖先，感谢地球，感谢进化所走过的漫漫历程。当我们有了生命之后，我们在性的基础之上，繁衍出了爱。爱情是独属于人类的精神瑰宝，它已从单纯的生殖目的，变成了两性身心融会的最高境地。然而在这一切之上，横亘着死亡。死亡击打着生命，催促着生命，使我们必须审视生命的意义。

后来，我还在一些场合做过相关的演说。我在这里抄录一些年轻人留下的墓志铭，他们让我进一步认识到了，讨论死亡对于一个健康心理的建设是多么重要。

"这里安息着一个女子，她了结了她人生的愿望，去了另外的世界，但在这里永生。她的一生是幸福的一生，快乐的一生，也是贡献的一生，无憾的一生。虽然她长眠在这里，但她永远活着，看着活着的人们的眼睛。"

"高尚是高尚者的通行证。"

"我不是一颗流星。"

"生是死的开端，死是生的延续。如果我五十岁后死去，我会忠孝两全——为祖国尽忠，为父母尽孝。如果我五年后死去，我将会为理想而奋斗。如果我五个月后死去，我将以最无私的爱善待我的亲人和朋友。如果我五天后死去，我将回顾我酸甜苦辣的人生。如果我五秒钟后死去，我将向周围所有的人祝福。"

怎么样？很棒，是不是？

按照哲学家们的看法，死亡的发现是个体意识走向成熟的必然阶段。一个人的心理健康，更是和他的生命观念、死亡观念息息相关。你不能设想一个对自己没有长远规划的人，会有坚定健全慈爱的心理。如果说在以上有关死亡的讨论中，我对此还有什么遗憾的话，就是年轻人普遍把自己的生命时间定得比较短。常有人说，我可不喜欢自己活太大的年纪，到了四五十岁就差不多了。包括现在有些很有成就的业界精英，撰文说自己三十五岁就退休，然后玩乐。因为太疲累，说说气话，是可以理解的。但认真地策划自己的一生，还是要把生命的时间定得更长远一些，活得更从容，面对死亡的限制，把自己的一生渲染得瑰丽多彩。

每一次卓越
都来自
倔强的孤独

向一个小斑点致敬

总得有人在生命的中途，谈谈死亡这件事吧！这不是一个轻松的题目，好在人生原本就不轻松，再加上一点分量也无妨。

常常写与死亡有关的文章，有朋友管我叫"乌鸦嘴"。她说，你说点高兴的事好不好啊？这样就会有更多的人喜欢看你的书了。

我愿意更多的人喜欢我的书，但是让我不谈死亡，我做不到。我并不以死亡作为一个噱头，或是借此哗众取宠，实在是事关重大。

死亡不是随随便便就可以说的，因为它神圣和庄严。我们不能对自己最后的归宿掉以轻心，我们不能一生都圆满，结尾时却撕裂虚无。因为尊重生命的全过程，我希望在自己尚耳聪目明的时候，和愿意探索此道的朋友们，聊聊死亡。

我去过临终关怀医院，在一张死过无数人的床上，静静地躺了一阵子。我之所以说它是一阵子，没有给出一个确切的时间，是因为那段时间无法计量。我看到墙壁上有一个凸起的圆点，正好在我的右臂上方，我轻轻抬起右臂，就可以抚摸到那个圆斑。在昏黄的光线下，我用右手食指指肚，慢慢地扪向它，好像它是一只白色的瓢虫。

正是暮色四合的辰光，可以开灯也可以不开灯的时分，光线每一分钟都在暗淡下去，但还依稀可以看清室内所有的细节。我没有开灯，我觉得在自然光线下，躺在临终老人们的卧榻之上，可以更从容地感受到他们生命渐行渐远的情境。

我以为那个斑点像硬甲虫的背壳，有轻微的弧度，但是，我错了。或许它原来的确是有一点隆起的，现在摸过去，在清凉的墙漆表面，它是光滑的，甚至有一点点油腻。这使得它在越来越浓厚的橘汁样的暗淡光线中，闪着白蜡样的光泽。甚至，它在蠕动。

那一瞬间，我吓了一跳。我觉得这个斑点是有生命的，在向我讲述着什么。它在讲什么呢？这个看起来像圆痣一样突起，实则却很平坦光润的斑点，有什么要我转述人间？

我凝视着它，并缓缓地用我的各个手指的指肚掠过它，稍稍用力，好像要把它压回素墙里。实话实说，临终关怀医院的条件是比较简陋的，虽然可以满足一般的治疗和看护，病房的设备却说不上豪华。墙面不是用的优质涂料，只是粉刷了最简单的乳胶漆。墙面也不很平，小的凹凸随处可见。我面前的这个小斑点，便是当初粉刷不均匀的孑遗。在比它稍高的地方还有好几处，只是要支起身体略略攀缘才可够得到。我伸长了手臂，把身体略抬起来，我成功地摸到了那几个圆斑点，它们与我身边的这个斑点可说是一奶同胞。

在我抚摸几个斑点的时候，一种奇怪的感觉像潮水一样舒缓升起，继而充盈全身。我一时没有搞清这是为什么，在几近浓黑的暗色中，斑点们好似猫头鹰的眼睛。

我尽量让自己把呼吸放慢，让血液流向大脑。终于，我明白了。斑点们并不像一眼看上去那样相似，甚至可以说它们是有着原则性的不同。高处的那些斑点都是凸起来的，但我面前的这个不是。它是平

坦的，如果说得更精细一些，它似乎还有一点凹陷。

这是为什么？答案只有一个。

我手指扪及的这个斑点，在它最初形成的时候，也是略微突起的，和它的那些难兄难弟一样，鼓出墙面。然而，它恰好位于濒死之人的手指可以触摸到的地方。这样，那些将要死去的人们，在他们最后的时光中，会无数次地用手指去抚摸这个突起来的小斑点。日复一日，这个小斑点一定成了他们的朋友，直到他们再也无法用自己枯槁的手指传达问候，直到他们的手指像铅坠一样永远地垂下……然后又会有新的人，躺在这张床上，重复这最后的游戏……

岁月磨去了这个小斑点的弧度，让它变得和周围一样平坦。假以时日，这个小斑点也许还会继续凹陷下去。某一天，也许成为一个小坑……

我不禁肃然起敬，向这个小斑点致敬！它给予了多少临终之人成就感和欢愉的游戏感，我们已无从得知，但我相信那一定千真万确地滋生过，存在过。

人到了最后的关头能够完成的，就是在身边咫尺之遥的范围内极简单的动作了。我由此想到，如果你有什么要说的话，一定要尽早说，不然就无人能听到。如果你有什么要做的事，要趁着血脉充盈之时赶快做，不要等到心有余而力不足。

那天，想到这里，我一骨碌从临终的床位上爬了起来，走出房门。我决定，在我有生之年，在我耳聪目明的时候，就开始为了临终和死亡的问题思索和呼吁。不然到了我奄奄一息的时候，即使有无限多的想法，也只有交付墙上的小坑洼。

那就不但是我的损失，也辜负了生命的整个过程。

把亲情的碎片揎在怀里

男婴和女婴的区别，就在那小小的方寸之间。后来，男孩和女孩长大了，一个头发长，一个头发短。一个穿裙衫，一个穿短裤。再后来，名叫第二性征的桨，把男人和女人的涟漪渐渐划出互不相干的圆环。

　　假如我是一个婴孩，我有不出生的权利。世界，你可曾听到我在羊水中的呐喊？

　　如果我的父母还未成年，我不出生。你们自己还只是一个孩子，稚嫩的双肩可能负载另一个生命的重量？你们不可为了自己幼稚而冲动的短暂欢愉，而将我不负责任地坠入尚未做好准备的人间。

　　如果我的父母只是萍水相逢，并非期待结成一个牢固的联盟，我不出生。你们的事，请你们自己协商解决，纵使万般无奈，苦果也要自己嚼咽。任何以为我的出生会让矛盾化解关系重铸的幻想，都会让局面更加紊乱。请不要把我当成一个肉质的筹码，要挟另一方走入婚姻。

　　如果我的父母是为了权力和金钱走到一起，请不要让我出生。当权力像海水一样丧失，你们可以驾船远去，只有我孤零零地留在狰狞的礁石上飘零。对于这样的命运，我未出世已噤若寒蝉。当金钱因为种种原因不再闪光，你们可以回归贫困，但我需要最基本的生活条件。如果你们无法以自己的双手来保障我的生长，请不要让我出生。

　　假如我的父母结合没有法律的保障，我不出生。我并不是特别地看重那张纸，但连一张纸都不肯交给我的父母，你们叫我如何信任？

也许你们有无数的理由，也许你们觉得这是时髦和流行，但我因为幼小和无助，只固执地遵循一个古老的信条——如果你们爱我，请给我一个完整而巩固的家。我希望我的父母有责任感和爱心，我希望有温暖的屋檐和干燥的床。我希望能看到家人如花的笑颜，我希望能触到父母丝绸般的嘴唇和柔软的手指。

我的母亲，我严正地向你宣告——我有权得到肥沃的子宫和充沛的乳汁。如果你因为自己的大意甚至放纵，已经在我出生之前，把原本属于我的土地，让器械和病毒的野火烧过，将农田荼毒到贫瘠和荒凉，我拒绝在此地生根发芽。如果我不得不吸吮从硅胶缝隙中流淌出的乳汁，我很可能要三思而后行。

我的父亲，我严正地向你宣告——如果你有种种基因和遗传的病变，请你约束自己，不要存有任何侥幸和昏庸。你不应该有后裔，就请自重和自爱。人类是一个恢宏整体，并非狭隘的传宗接代。如果你让我满身疾病地降临人间，那是你的愚蠢，更是我的悲凉。并非所有的出生都是幸福，也并非所有的隐藏都是怯懦。

我的祖父祖母外祖父外祖母，我要亲切地向你们表白。我知道你们的希冀，我也知道血浓于水的传说。我不能因为你们昏花的老眼，就模糊自己人生的目标。我应该比你们更强，这需要更多的和谐更多的努力。不要把你们的种种未竟的幻想，五花八门地涂抹到我的出生计划书上。如果你们给予我太多不切实际的重压和溺爱，我情愿逃开你们这样的家庭。

我的父母，如果你们已经对自己的婚姻不抱期望，请不要让我出生。不要把我当成黏合的胶水，修补你们旷日持久的裂痕。我不是白雪，无法覆盖你们情感的尸身。你们无权讳疾忌医，推诿自己的病

况，而把康复的希望强加在一个无言的婴孩身上。那是你们的无能，更是你们的无良。

我的父母，我并非不通情达理。你们也可能有失算和意外，我不要求永恒和十全十美。我不会嫌弃贫穷，只是不能容忍卑贱。我不会要求奢华，但需要最基本的生存条件。我渴望温暖，如果你们还在寒冷之中，就缓些让我受冻。我羡慕团圆，如果你们不曾走出分裂，就不要让我加入煎熬的大军。

我的父母，请记住我的忠告：我的出生不是我的选择，而是你们的选择。当你们在代替另外一条性命做出如此庄严神圣不可逆反的决定的时候，你们可有足够的远见卓识？你们可有足够的勇气和坚忍？你们可有足够的智慧和真诚？你们可有足够的力量和襟怀？你们可有足够的博爱和慈悲？你们可有足够的尊崇和敬畏？

如果你们有啊，我愿意走出混沌，九炼成丹，降为你们的儿女。如果你们未曾有，我愿意静静地等待，一如花蕊在等待开放。如果你们根本就无视我的呼声，以你们的强权胁迫我出生，那你们将受到天惩。那惩罚不是来自我——一个嗷嗷待哺的赤子，而是源自你们千疮百孔的身心。

再选你的父母

我猜很多人一看到这个题目的名称，就大不以为然，甚至愤愤然了，觉得毕淑敏是不是昏了头，父母是可以再选的吗？中国是孝之邦，身体发肤，受之父母，感恩戴德还表达不尽，岂容再选？我的父母是天下最好的父母，让我重选父母，这不是逼人不孝吗？若是父母已驾鹤西行，这题目简直就是违背天伦。

请您相信我，我没有一丁点儿想冒犯您的意思，也不是为了震撼视听哗众取宠，实在是为了您的心理健康。

父母可不可以批评？我想大家理论上一定承认父母是可以批评的。即使是伟人，也有这样那样的错误和缺点，我们的父母肯定不是完人，当然也可以讨论。可实际上，有多少人心平气和地批评过我们的父母，并收到了良好的回馈，最终取得了让人满意的效果呢？我能客观地审视父母的优劣长短、得失沉浮吗？我相信愤怒的青年可以大吵一架离家出走，但这并不代表着他能公允地建设性地评价父母。也许有人会说，那是历史了，我们有什么理由在很多年后，甚至在父母都离世之后，还议论他们的功过是非呢？

我想郑重地说，有。因为那些历史并没有消失，它们就存在我们心灵最隐秘的地方，时时在引导着我们的行为准则，操纵着我们的喜怒哀乐。

父母是会伤人的，家庭是会伤人的。当我们还是孩子的时候，我们无力分辨哪些是真正的教导，哪些只是父母自身情绪的宣泄。我们如同酒店里恭顺的小伙计，把父母的话和表情，还有习惯和嗜好，如同流水账一般记录在年幼的脑海中。他们是我们的长辈，他们供给我们吃穿住行，在某种程度上说，我们是凭借他们的喜爱和给予，才得以延续自己幼小的生命。那时候，他们就是我们的天和地，我们根本就没有力量抗辩他们、忤逆他们。

你的父母塑造了你，你在不知不觉中重复着他们展示给你的模板，你是他们某种程度的复制品。分析他们的过程其实是在分析你自己。

请你准备一张白纸，让思绪和想象自由驰骋。在白纸上方写下你的名字，左边写上"再选"二字。现在，纸上的这行字变成了"再选×"，你在这行字的右面写上"的父母"三个字。

"再选×的父母"。我敢说，也许在此刻之前，你从来没有想过可以把自己的父母炒了鱿鱼，让他们下岗，自行再来招聘一对父母。请你郑重地写下你为自己再选父母的名字。

父：

母：

我猜你一定狠狠地愣一下。虽然我们对自己的父母有过种种的不满，但真的把他们淘汰了，你一定目瞪口呆。你要挺住啊，记住这不过是一个游戏。

谁是我们再选父母的最佳人选呢？你不必煞费苦心，心灵游戏的奥妙之处就在于它的一闪念之中。你的潜意识如同潜藏深海的美人鱼，一个鱼跃，跳出海面，露出了它流线型的身躯和嘴边的胡须。原来，它并非美女，也不是猛兽。关于你的再选父母的人选，你把头脑中涌起的第一个人名写下就是了。

他们可以是英雄豪杰，也可以是邻居家的老媪；可以是已经逝去的英豪，也可以是依然健在的大款；可以是绝色佳人，也可以是末路英雄；可以是动物植物，也可以是山岳湖泊；可以是日月星辰，也可以是布帛黍粟；可以是一代枭雄，也可以是飞禽走兽；可以是自己仰慕的长辈，也可以是弟妹同学……总之，你就尽量展开想象的翅膀，天上地下地为自己选择一对心仪的父母。

你再选的父母是什么类型的东西（原谅我用了"东西"这个词，没有不敬的意思，只是一言以蔽之），这不重要。重要的是你在这个游戏中重新认识了你的父母，你在弥补你童年的缺憾，你在重新构筑你心灵的世界。你会发现自己缺少的东西、追求的东西到底是什么。

有个农村来的孩子，父母都是贫苦的乡民。在重选父母的游戏中，他令自己的母亲变成了玛丽莲·梦露，让自己的父亲变成了乾隆。我想这是一个非常典型的例子，我首先要感谢这位朋友的坦率和信任。因为这样的答案太容易引起歧义和嘲笑了，虽然它可能是很多人的向往。

我问他，玛丽莲·梦露这个女性，在你的字典中代表了什么？他回答说，她是我见过的最美丽和最现代的女人。我说，那么，你是不是觉得自己亲生母亲丑陋和不够现代？他沉默了很久说，正是这样。中国有句俗话叫作"儿不嫌母丑，狗不嫌家贫"，我嫌弃我的母亲丑，这真是大不敬的恶行。平常我从来不敢跟人表露，但她实在是太丑的女人，让我从小到大蒙受了很多耻辱，我在心里是讨厌她的。从我开始知道美丑的概念，我就不容她和我一道上街，就是距离很远，一前一后的也不行，因为我会感到人们的目光像线一样把我和她联系起

来。后来我到城里读高中，她到学校看我，被我呵斥走了。同学问起来，我就说，她是一个丐婆，我曾经给过她钱，她看我好心，以为我好欺负，居然跟到这里来了……我说这些话的时候，觉得自己也很有道理，因为母亲丑，并把她的丑遗传给了我，让我承受世人的白眼，我想她是对不住我的。至于我的父亲，他是乡间的小人物，会一点小手艺，能得到人们的一点儿小尊敬。我原来是以他为豪的，后来到了城里，上了大学，才知道山外有山、天外有天，才知道父亲是多么草芥。同学们的父亲，不是经常在本地电视要闻中露面的政要，就是腰缠万贯、挥金如土的巨富，最次的也是个国企的老总，就算厂子穷得叮当响，照样有公车来接子女上下学。我的位于社会底层的位置是我的父母强加给我的，这太不公平。深层的怒火潜伏在我心底，使我在自卑的同时非常敏感，性格懦弱，但在某些时候又像地雷似的一碰就炸……算了，不说我了，我本来认命了，因为父母是不能选择的，所以也从来没有动过这方面的脑筋；既然你今天让做换父母的游戏，让我可以大胆设想、别具一格，我一下子就想到了梦露和乾隆。

我说，先问你一个问题，如果父亲不是乾隆，换成布什或布莱尔，要不就是拉登，你以为如何？

他笑起来说，拉登就免了吧，虽然名气大，但是个恐怖分子，再说翻山越岭胡子老长的也太辛苦。布什或布莱尔？

当然可以。

我说，你希望有一个总统或是皇上当父亲，这背后反映出来的复杂思绪，我想你能察觉。

他静了许久，说，我明白那永远伴随着我的怒气从何而来了。我仰慕地位和权势，我希图在众人视线的聚焦点上。我看重身份，热爱钱财，我希望背靠大树好乘凉……当这些无法满足的时候，我就怨天尤人，心态偏激，觉得从自己一落地就被打入了另册。因此我埋怨父母，可是中国"孝"字当先，我又无法直抒胸臆，情绪翻搅，就让我永远不得轻松。工作中、生活中遇到的任何挫折，都会在第一时间让我想起先天的差异，觉得自己无论怎样奋斗也无济了事……

我说，谢谢你的这番真诚告白，只是事情还有另一面的解释，我不知你想过没有？

他说，我很想听一听。

我说，这就是，你那样平凡贫困的父母在艰难中养育了你，你长得并不好看，可他们没有像你嫌弃他们那样嫌弃你，而是给你力所能及的爱和帮助。他们自己处于社会的底层，却竭尽全力供养你读书，让你进了城，有了更开阔的眼界和更丰富的知识。他们明知你不以他们为荣，可他们从不计较你的冷淡，一如既往地以你为荣。他们以自己屡弱的肩膀托起了你的前程，我相信这不是希求你的回报，只是一种无私无悔的爱。

你把梦露和乾隆的组合当成你的父母的最佳结合，恕我直言，这种跨越国籍和历史的组合，攫取了威权和美貌的叠加，在这后面你是否舍弃了自己努力的空间？

梦露是出自上帝之手的珍稀品种，乾隆也是天分和无数拼杀才造就的英才，在你的这种搭配中，我看到是一厢情愿的无望，还有不切实际的奢求。

那位年轻人若有所思地走了，我注视着他的背影，期待他今后可能会有改变。

请你静静地和你的心在一起，面对着你写下的期望中的父母的名字，去感受这种差异后面麇集的情愫，发现是改变的尖兵。

人总是要说谎的，谁要是说自己不说谎，这就是一个彻头彻尾的谎言。

有的人一生都在说谎，他的存在就是一个谎言。世界是由真实的材料构成的，谎言像泡沫一样浮动在表面，时间使它消耗殆尽，就好像从来没有发生过似的。

有的人偶尔说谎，除了他自己，没有人知道这是一个谎言。谎言在某些时候只是说话人的善良愿望，只要不害人，说说也无妨。

对谎言刻骨铭心的印象，可以追溯很远。小的时候在幼儿园，每天游戏时有一个节目，就是小朋友说自己家里有什么玩具。一个说，我家有会说话的玩具青蛙。那时我们只见过上了弦会蹦的铁皮蛤蟆，小小的心眼一计算，大人们既然能造出会跑的动物，也能让它叫唤，就都信了。又一个小朋友说，我家有一个玩具火车，像一间房子那样长……我呆呆地看着那个男孩，前一天我才到他们家玩过，绝没有看到那么庞大的火车……我本来是可以拆穿这个谎言的，但是看到大家那么兴奋地注视着说谎者，我不由自主地说：我们家也有一列玩具火车，像操场那么长……

哇哇！那么长的火车！多好啊！小伙伴齐声赞叹。

那你明天把它带到幼儿园里让我们看看好了。那个男孩沉着地说。

好啊！好啊！大家欢呼雀跃。

我幼小身体里的血脉一下冷凝住了。天哪，我到哪里去找那么宏伟的玩具火车？也许世界上根本就没有造出来！

我看着那个男孩，我从他小小的褐色眼珠里读出了期望。

他为什么会这么有兴趣？依我们小小的年纪，还完全不懂得落井下石……想啊想，我终于明白了！

我大声对他也对大家说：让他先把房子一样大的火车拿来给咱们看了，我就把家里操场一样长的火车带来。

危机就这样缓解了。第二天，我悄悄地观察着大家，我真怕大伙追问那个男孩，因为我知道他是拿不出来的。大家在嘲笑了他之后，就会问我要操场一般大的玩具火车。我和那个男孩忐忑不安，彼此没说什么，只是一整天都是我们俩在一起玩。幸好那天很平静，没有一个小朋友提起过这件事。

我的小小的心提在喉咙口好久，我怕哪个记性好的小朋友突然想起来。但是日子一天天平安地过去了，大家都遗忘了，甚至以后再说起玩具的时候，我吓得要死，也并没有人说火车的事。

真正把心放下来是从幼儿园毕业的那天。当我离开朝夕相处的老师和小朋友的时候，当然也有点恋恋不舍，但主要是像鸟一样地轻松了——我再也不用为那列子虚乌有的火车操心了。

这是我有记忆以来最清晰的一次说谎，它给我心理上造成的沉重负担，简直是童年之最。在漫长的岁月里我无数次地反思，总结出几条教训。

一是撒谎其实不值得。图了一时之快活，遭了长期之苦难，占小便宜吃大亏。不到万不得已，不要说谎。

二是说谎很普遍。且不说那个男孩显然在说谎，就是其他的小朋友，也经常浸泡在谎言之中，证据就是他们并不追问我大火车的下落了。小孩的记性其实极好，他们不问，并不是忘了，而是觉得此事没指望了。也就是说，他们知道这是一个骗局，他们之所以能看清真相，是因为同病相怜。

三是说谎是一门学问，需要好好研究。主要是为了找出规律，知道什么时候可说谎，什么时候不可说谎，划一个严格的界限。附带的是要锻炼出一双能识别谎言的眼睛，在苍茫人海中谨防受骗。

修炼多年，对于说谎的原则，有了些许心得。

平素我是不说谎的，没有别的理由，只是因为怕累。人活在世上，真实的世界已经太多麻烦，再加上一个虚幻世界掺和在里面，岂不更乱了套？但在我的心灵深处，生长着一棵谎言三叶草。当它的每一片叶子都被我毫不犹豫地摘下来的时候，我就开始说谎了。

它的第一片叶子是善良。不要以为所有的谎言都是恶意，善良更容易把我们载到谎言的彼岸。我当过许多年的医生，当那些身患绝症的病人殷殷地拉了我的手，眼巴巴地问：大夫，你说我还能治好吗？我总是毫不踌躇地回答：能治好！我甚至不觉得这是一个谎言。它是我和病人心中共同的希望，在不远的微明处闪着光。当事情没有糟到一塌糊涂的时候，善良的谎言也是支撑我们前进的动力啊！

三叶草的第二片叶子是此谎言没有险恶的后果，更像是一个诙谐的玩笑或是温婉的借口。比如文学界的朋友聚会是一般人眼中高雅的所在，但我多半是不感兴趣的。我对未知的事物充满了兴趣，很愿意

同普通的工人农民或是哪一行当的专家们待在一处,听他们讲我不知道的故事。至于作家们汇在一起,要说些什么,我大概是有数的,不听也罢。但人家邀了你,是好意。断然拒绝,不但不礼貌,也是一种骄傲的表现,和我的本意相距太远。这种时候,除了极好的老师和朋友的聚会,我兴高采烈地奔去,一般都是找一个借口推托了。比如我说正在写东西,或是已经有了约会……总之让自己和别人都有台阶下。这算不算撒谎? 好像要算的。但它结了一个甜甜的果子,维护了双方的面子,挺好的一件事。

第三片叶子是我为自己规定——谎言可以为维护自尊心而说。我们常常会做错事,错误并没有什么了不起,改过来就是了。但因了错误在众人面前伤了自尊心,就由外伤变成了内伤,不是一时半会儿治得好的。我并不是包庇自己的错误,我会在没有人的暗夜,深深检讨自己的缺憾。但我不愿在众目睽睽之下,把自己像次品一般展览。也许每个人对自尊的感受阈不同,但大多数人在这个问题上都很敏感。想当年,一个聪敏的小男孩打碎了姨妈家的花瓶,没有承认,也是怕自己太丢面子了。既然革命导师都会有这种顾虑,我们自然也可原谅自己。为了自尊,我们可以说谎,同样是为了自尊,我们不可将谎言维持得太久。因为真正的自尊是建立在不断完善自己的地基之上的,谎言只不过是暂时的烟雾。它为我们争取来了时间,我们要在烟雾还没有消散的时候,把自己整旧如新。假如沉迷于自造的虚幻,烟雾消散之时,现实将更加窘急。

随着年龄的增长,心田里的谎言三叶草渐渐凋零。我有的时候还会说谎,但频率减少了许多。究其原因,我想,谎言有时表达了一种愿望,折射出我们对事实朦胧的希望。生命的年轮一圈圈加厚,世界的本来面目就像琥珀中的甲虫，愈发纤毫毕现，需要我们更勇敢地凝视它。我已知觉人生的第一要素不是"善"，而是"真"。我已不惧怕残酷的真相，对过失可能的恶劣后果，有了兵来将挡、水来土掩的勇气。甚至对于自尊，也韧性得多了。自尊，便是自己尊重自己。只要你自己不倒，别人可以把你按倒在地上，却不能阻止你满面尘灰遍体伤痕地站起来。

有的人总是说谎，那就不是谎言三叶草的问题，而简直是荒谬的茅草地了。对这种人，我并不因为自己也说过谎而谅解他们。偶尔一说和家常便饭的说，还是有原则区别的。

中国有句古话，叫"人之将死，其言也善"。我觉得这个"善"字是"真实"的意思。也就是说，人到临死的时候，就不说谎了。

但这个省悟，似乎来得太晚了一点。

活着，而不说谎，当是人生的大境界。

每一次卓越
都来自
倔强的孤独

看着别人的眼睛

很小的时候，如果我有了过失，说了谎话，又不愿承认的时候，妈妈就会说：看着我的眼睛。如果我襟怀坦荡，我就敢看着她的眼睛，否则就只有羞愧地低头。

从此，我面对别人的时候，看着他的眼睛。

当我失败的时候，看着亲人的眼睛，我无地自容。但悲伤会使我的眼睛噙满泪水，却不会使我闭上眼睛。看着批评我的目光，我会激起正视缺点的勇气与信念。我会仔细回顾我走过的路，看看自己是怎样跌倒的，今后避开同样的危险。

当我得到表扬的时候，我也快乐地注视着别人的眼睛。我不喜欢假装谦虚把睫毛深深地垂下，一个人回到僻静处悄悄地乐。我愿意把心中的喜悦像满桶的水一样溢出来，让我的朋友们分享。在我的亲人、我的朋友的眼睛里，我读出他们的快活和对我更高的希冀。表扬不但没有使我忘乎所以，反倒使我感到肩上的担子更加沉重。成功好比是一座小山，一个准备走很远的路的旅人，站得高了，才会看到目的地的篝火。他会加快自己的脚步。

当我面对陌生人的时候，我会格外注视他的眼睛。眼睛是心灵的窗户，这已经是被说腻了的古话，可我要说眼睛不仅仅是窗户，它是心灵的家。假如陌生人的目光坦诚而友好，我会向他伸出我的手。假如陌生人的目光犹疑而彷徨，我断定他是一个没有主见的人，不能与他成为朋友。假如陌生人的目光躲闪而阴暗，我会退避三舍，在心里敲起警钟。假如陌生人的目光孤苦无告，我愿意提供力所能及的帮助。

当我面对熟识的人的时候，我会观察他的眼睛有没有变化。岁月会改变一个人的眼光，就像油漆的家具会变色一样。但是有些老朋友的眼光是不会变的，像最清澈的水晶，晶莹一生。不过他们的眼睛会随着喜怒哀乐变换颜色，作为朋友，我愿与他们分担。假如他们悲哀，我愿为他们宽心。假如他们喜悦，我愿与他们分享。假如他们焦虑，我愿出谋划策。假如他们忧郁，我愿陪着他们沿着静静的小河走很远很远。

当我独自一人面对镜子的时候，我严格地审视自己的眼睛。它是否还保持着童年人的纯真与善良？它是否还凝聚着少年人的敏锐与蓬勃？它在历尽沧桑以后，是否还向往人世间的真善美？面对今后岁月的风霜雨雪，它是否依旧满怀勇气与希望？

当我面对森林的时候，我注视着森林的眼睛。它们是树干上斑驳的年轮和随风摇曳的无数嫩叶。它们既苍老又年轻，流露出大自然无限的生机。

当我在月夜里面对星空的时候，我注视着宇宙的眼睛，那是苍穹无数的星辰。天是那样幽蓝而辽阔，周围是那样静寂而悠远。作为一个单独的人，我们是多么渺小啊！但正是看似微不足道的人类，开始了征服宇宙的长征。在这个意义上，人类有时那样伟大而悲壮。每一个孤立的人，都像小星星一样微弱，但集结起来，就可以给迷途的人

指引方向，就可以在黑暗中放出光明。

我注视着滔滔的流水，浪花就是它的眼睛。生命在于运动，假如大海没有了波涛，就结束了它浩瀚博大的使命，大海就瞎了，成为死水一潭，再也不能负载舟楫远航，再也不能任海鸥翱翔，再也不能繁养无数的水族，再也不能驮着我们在海滩上嬉戏……

世界上所有的生灵都有它们的眼睛，就看你用不用心寻找，就看你有没有勇气和它对视。

当我刚刚开始学习注视别人的眼睛的时候，心中很有些不安。我觉得自己是个小小的孩童，我怎么敢看着别人的眼睛，那不是太不尊敬人了吗？我对妈妈讲了我的顾虑。她笑了，说，那你明天试着看看老师的眼睛。

第二天，在课堂上，我开始注视着老师的眼睛。好怪啊，老师好像专门给我一个人讲课似的。我的思考紧紧地跟随老师的讲解，在知识的密林里寻觅。当讲到重要的地方，我看到老师的眼睛里冒出精彩的火花，我知道自己一定要记住它。当老师的眼光像湖水一样平静的时候，我知道这只需要一般掌握。当我在读老师的眼睛的时候，老师也在读我的眼睛。假如我显现出迷惘与困惑，老师就会停顿他讲解的步伐，在原地连兜几个圈子，直到我的目光重又明亮如洗。假如我调皮地向他眨眨眼睛，他会突然把讲了一半的话咽进嘴里。他知道我已心领神会，可以继续向下讲了。

我这才知道，眼睛对眼睛，是可以说话的。它们进行无声的交流，在这种通行的世界语里，容不得谎言，用不着翻译。它们比嘴巴更真实地反映出一个人隐秘的内心世界。

随着年龄的增长，我明白了注视着别人的眼睛是一种郑重，是一种尊敬，是一种信任，是一种坦诚。

当然了，这种注视不是死瞪瞪地盯着人家看，那样可真有点儿傻乎乎并且不文雅了。注视的目光应该是宁静而安然的，好像是我们在晴朗的天气眺望远处的青山。

如果我听懂了他的话，我会轻轻地点头。如果我需要他详细解说，我会用目光传达出这种请求。

注视着别人的眼睛，也给自己提出了更高的要求。

当我注视着别人的眼睛说"谢谢你"的时候，我必须发自内心的真诚。当我注视着别人的眼睛说"对不起"的时候，我必须传递由衷的歉意。当我注视着别人的眼睛说"我能把这件事做好"时，我一定要有"下一个必胜"的信心。当我注视着别人的眼睛说"请相信我"时，我觉得自己陡然间增长了才干和胆魄。

医学家证明，人在说谎的时候，无论他多么历练老辣，他的眼睛都会泄露他的秘密。他的瞳孔会扩散变大，他的视线会游移，眼睑也会不由自主地下垂。

为了我们能够勇敢地注视别人的眼睛并且不怕被别人注视，让我们做一个襟怀坦荡、心灵像水晶般透明的人。

对自己诚实一点

当你企图在两个不同的自我之间游走时，你在生活中的形象就变得复杂混乱，你面临的形势也更加琢磨不透，甚至你的身体也无所适从了。

我们总是希图表现得比我们实际的情况要好一些。

好比我们小的时候，如果有客人要来，我们会被父母要求："你要乖一些啊！"等到客人走了，父母会说："好了，现在你可以放松一下了。"这些都是很平常的话，却在不知不觉中给我们留存了一个印象——你要在某些特殊的场合和人物面前，努力表现得比你实际拥有的状况更好。

什么是更好呢？

就是按照世俗的标准，我们要更聪明、更好学、更勤劳、更大度、更幽默、更有责任感、更勇敢、更……还可以举出更多的"更"。总之，是比你本人更完美。

这个主观动机可能并不是太坏。爱美之心，人皆有之嘛！

不过，这就形成了一个习惯。我们把一个不真实的自我呈现在别人面前，并以为这才是可爱的，才是有价值的。而那个真实的自我，则是上不得台面的残次品，是应该被掩藏和遮盖的。

这就是自我形象的分裂。我们不喜欢真实的自我，我们把一个乔装打扮的"假我"拿给大家看。当这个"假我"被人欢迎和夸赞的时候，我们一方面沾沾自喜，觉得自己成功地扮演了一个角色，而这个角色就是别人眼中的"我"。另外一方面，我们的自卑加重了，我们知道外界的评价都是给予那个不存在的"我"，真实的我反倒像灰姑娘一样，躲在角落里捡煤渣。

长久下去，我们就变成了一个分裂的人。

这种现象，比比皆是。比如我们常常听到女性朋友说，结婚以后，他的真面目暴露出来了，我几乎不敢相信他和结婚前是同一个人。

也有的领导会说，这个人是我招聘的，当时看他十分勤快，想不到真的走上岗位以后，却非常懒惰，毫无工作的主动性。

以上这两个例子，最后是以离婚和炒鱿鱼做结。可见，伪装的自我，可以骗人一时，却不能矫饰久远，最后吃亏的还是你。

如果你觉得真实的自我还不够完善，那么最好的方法，是让自己渐渐变得完善起来，而不是敷衍、遮盖或欺骗。那样的话，自己很辛苦不说，离完美是越来越远。再有，天下的人都不是傻子，你装得了一时三刻，却没有法子永远生活在一个不属于你的光环中。一旦被人家识破，你被减分更多。

我年轻的时候，心其实很累。因为总想表现得比自己真实的状态更好一些，便不由自主地要作假。明明不快乐，怕被人看出，以为是思想问题，就表现出欢天喜地的兴奋。对领导有意见，怕领导对自己看法不良，影响进步，就故意在领导面前格外卖力地工作。其实，那彼此的不融洽，大家心知肚明。在会议上有不同意见，因为判断出自

己是少数，就放弃主见随大流，默不作声……凡此种种，以为是老练的举措，都让我做人辛苦，不胜其烦。

后来，终于明白了，要以自己的真实面目示人。没有必要取悦他人，没有必要委屈自己。这样做了以后，我本以为机会一定要少很多，因为抱定了破釜沉舟的决心，只求这一生做一个真实的自我，付出代价也认了。不想，却多了朋友，多了机缘。

思来想去，原来大家都更喜欢真实的东西。你真实了，自己安全了，也让他人觉得安全，机遇反倒萌生。从此，竭力真实。不但自己省力、省心，节省出的能量可以做更多的事情，而且成功的概率也高了起来。

　　人生活在关系中，如同沙粒沉浮在恒河中。人和自然的关系，人和人之间的关系，人和自我的关系……点点滴滴丝丝缕缕，把我们包绕如里三层外三层的礼物。人类所有的研究所有的判断，无非都是在观察关系，描绘关系，试图主导关系。

　　所有的关系之中，人和自己的关系最重要。混淆了这一层关系，人便成了一团被排泄的尾气，不知道自己是谁，暗淡了焦点，迷失了方向。好的关系，像是一罐新鲜的牛奶，芳香醇厚极富营养，可以滋养生命从幼小走向壮健。各种关系犹如一道名菜——佛跳墙，珍稀的食材汇聚在一个陶钵中，被岁月的文火慢慢地煎煮着，诸物融合，待火候到了，就成了无与伦比的一道美味，补心补脑益寿延年。

　　倘若是一团不良的关系，杂草丛生蚊蝇肆虐都算是好的，最怕毒蛇出没，埃博拉病毒肆虐，会伤及性命。它们张牙舞爪地纠缠着你，腐蚀着你，捆绑着你，勒窒着你……它们裹挟着你走向你不想去的地方，它们把你变成你不想成为的人，它们加害你于无形，毁灭你不着痕迹。

　　要做一个体面美好的人，先要在自己周围缔造起佳美的关系。这需要学习，需要受教育。教养不会从天而降，习得很重要。要学会和

我们的父母亲密无间，倾听而不唯命是从；和我们所爱的人唇齿相依，紧密而不混淆；和我们的孩子亦师亦友，慈爱而不包办；和我们的朋友，相知而不逾界；和我们的上司，尊敬而不谄媚；和我们的同侪，协同而不越俎代庖；对我们的下属，谦逊而不居高临下；对大自然，敬畏而不傲慢；对人世间，清醒而不迷恋；对历史，研习而不匍匐；对未来，展望而不坐等……凡此种种关系，绮丽繁杂，然而不必急不必慌，以一颗诚恳之心慢慢理顺，有了错误就更正，有了疏漏就弥补。可以因亲人的失去而哀伤，但不要过久地沉湎于锥心之痛，因为他们的远行，是遵循了一个伟大的定律，不可抗拒。可以为新的生命降诞而欢欣鼓舞，但也不必无原则地溺爱，因为他们自有漫长人生要跋涉，必有不可替代的磨难须独自穿越。

哦！无所不在的关系绑带，将我们缠绕。然而即使原有的关系顷刻崩裂，我们也依然可以傲然而立，因为你和你还一如既往地存在。期待所有的关系花园中，书声琅琅，鲜花熏梦，丰果碧树，流水幽香。

格子布上的花
（外一则）

好日子和坏日子，是有一定比例的。就是说，你的一生，不可能都是好日子——天天蜜里调油，也不可能都是坏日子——每时每刻黄连拌苦胆。必是好日子坏日子交叉着来，如同一块花格子布。如果算下来，你的好日子多，就如同布面上的红黄色多，亮堂鲜艳。如果你的坏日子多，那就是黑灰色多，阴云密布。

什么是好坏日子的分水岭、试金石呢？

钱吗？好像不是。有钱的人不一定承认他过的是好日子。钱少的人或者没钱的人，也不一定感觉他过的是坏日子。健康吗？好像也不是。无痛无灾的人不一定觉得他过的是好日子，罹病残疾的人也不一定承认他过的是坏日子。美丽和能力吗？似乎更不像了。看看周围，有多少漂亮能干的男人女人，锁着眉，苦着脸，抱怨着岁月的难熬啊……

说了若干标准，都不是。那么，什么是好日子和坏日子的界限呢？

不知他人的答案如何，我猜，是爱吧！

有爱的日子，也许我们很穷，但每一分钱都能带给我们双倍的快乐。也许我们的身体坏了，每况愈下，但我们牵着相爱的人的手慢

慢老去，旅途就不再孤独。也许我们是平凡和微小的，但我们竭尽全力做着喜欢的事，心中便充满温暖安宁。这是什么呢？这就是好日子了。你的那块花格子布上就绽开了鲜花。

假若天使到你家

假如天使到了你家，你会要求些什么？要些什么礼物？

其实人们的要求并不复杂。无非是家人的平安和团聚，足够的衣食温饱，然后就是游玩和快乐了，当然，还有创造。

也许有人会说，要这些凡俗的东西多么无趣啊，既然遇到了天使，就应该向他索要更多的金钱和美色……

乍一想，似乎也有道理。千载难逢的机会砸到了你脑袋上，为什么不狮子大张口，让这些平日你艳羡不止的东西多多益善，将自己包围呢？

好吧，就算有这样宽宏大量的小天使，给了你足够的金钱和美女，然后呢？天使飞走了，你还要继续过下去。你不断地消费金钱，快乐却一点点地减少。这是一条古老的法则——当什么东西充斥在我们周围、无穷无尽的时候，我们就飞快地麻木了。你和美貌的女子周旋，却不会得到爱情，因为没有一个有思想、有爱心的女子会爱上一个饭来张口、衣来伸手的酒囊饭袋。况且，说句有关生理卫生的话，美女环绕，男性的生殖机能很快就会衰竭，这可是从帝王将相那个朝代就屡试不爽的。

总之，就像空气、水、盐一样，精神的必需品——爱、欢乐和团圆，是非常朴素却须臾不可离开的。

年轻时我想变成任何人，
除 了 我 自 己

你对孩子怎样描述，他们就怎样以你描述的样子成长，许多
成人不断在用自己的偏见扼杀孩子的美质，他们自己却一点
儿都不知道。

一位做儿童心理研究的朋友告诉我，他发给孩子们一张表，让每人填写自己的优缺点和美好的愿望。孩子们很认真地填好了，把表交上来。她一看，顿时傻了眼。

很多孩子填的——优点零，愿望零。

我对世上是否存在没有优点的成人，不敢妄说，但我确知世上绝无没有优点的孩子。我或许相信世上有丧失愿望的老人，但我无法想象没有愿望的孩子，将有怎样枯萎的眼神？不知道愿望和优点这两样对人激励重大的要素，假若排出丧失的顺序，该孰先孰后？是因为丧失了愿望，百无聊赖，才随之沉没，成为没有优点的少年？还是一个孩子首先被剥夺了所有的优点，心如死灰，之后再也不敢奢谈一丝愿望？也许它们如同绞缠在一起的铅丝，分不出谁更冰冷僵硬？

没有愿望，必是一个死寂的世界。孩子不再期望黎明，因为每天都被功课塞满，晴天看不到太阳，阴天闻不到雪花，日出日落又有何不同？不再留意鲜花，因为世界一片苍白，眼中黯淡了温暖的色彩。不再珍视夜晚，因为厚重的眼镜遮挡了星光，即使抬头也是泪眼朦胧。不再盼望得到师长的嘉奖，因为那不过是成人层层加码的裹了蜜糖的手段……

没有优点的孩子，内心该怎样痛楚地喘息？见过一个胖胖的男孩，当幼儿园老师第一次问：谁觉得自己是个美男子？他忙不迭地从最后一排挤到前面，表示自己属于其中一员。可惜他紧赶慢赶，动作还是晚了一点，另有好几个男孩抢在前面，在老师面前排成自豪的一排。没想到老师伶牙俐齿地向他们说，还真有你们这么不知天高地厚的，竟觉得自己是美男子，臊不臊啊?！后来，那几个男孩子，开始为自己的容貌羞涩，无法像以前那样快活。

这是一个简单的例子，但也可说明一点问题。每一个渐渐长大的孩子，如果成人爱他，他也会认为自己是可爱的。他会感觉到自己是天地间的一个宝贝，他的生命的存在就是一个大优点。假若成人粗暴地打击他，奚落他，嘲讽他，鞭挞他，那脆弱的小生灵，就会像被利剪截断的双翅，从此萎靡下来，或许跌落尘埃一蹶不振。

看不到自身优点的人，必也看不到他人的优点。他们的谦恭，可能是高度自卑下的懦弱。他们的服从，可能掩饰着深刻的妒忌和反叛。他们的忍让，可能埋藏着刻毒的怨恨。他们的赞美，可能表里不一信口雌黄……

我以为愿望是人生强大的动力之一，假若人类丧失愿望，世界就在那一瞬停止了前进的引擎。因为有跑的愿望，人们有了汽车；因为有说话的愿望，人们有了电话；因为有飞的愿望，人们有了卫星；因为有传递和交换的愿望，人们有了互联网……

优点和愿望，是孩子们的双腿。希望有一天看到他们填写的表格上这样写着——优点多多，愿望无限。

灰色软体

拥有电脑多年，谨记有关人士教导，不敢玩任何电子游戏，怕染上病毒，使自家辛苦码的字付之魔鬼。忽一日，上高中的小侄女说，同学间流传一游戏软体，名曰——《医院》，全是诊病的程序，甚难，她们玩时治一个病人死一个病人，不一会儿屏幕上便鲜血淋淋，尸体横陈，玩不下去了。知道三婶是当过主治医师的，求教一两招，以攻克难关。

于是欣然上机。想我虽已离开医院，但二十余载的医学童子功，对付一个游戏，岂不绰绰有余？

几个小时鏖战下来，果是得胜班师。我成功地使游戏中的主人公从一个初出茅庐的医学院毕业生，官运亨通地跨越医师、住院总医师、主治医师、副院长……诸级台阶，直抵医院的最高宝座——院长。

小侄女乐得合不拢嘴，说谢谢三婶，这是一个比《三国演义 IV》还要难的游戏，从此我可以向同学们传授得胜秘诀了。

从医学的角度说，这套游戏软体的科学知识基本准确，有情节有故事，从头到尾玩下来，简直像一篇小说呢。

年轻的医学生出身世家，祖父是中医，父亲是西医。长辈要求他

走前人成功的路，回乡下去开诊所。小伙子不愿离开灯红酒绿的大城市，老爸就提出了一个苛刻的要求：他必须在五年内升到医院院长的高位，否则返回乡下。

这样，男主人公（也就是操作者）的命运，从一开始就具有了某种悲壮的个人奋斗的色彩——失败了就要到艰苦的地方去。

升迁的道路漫长而曲折，一方面是医术的提高，你不能误诊，不能拿错药，不能开错刀，不能在抢救病人的时候束手无策……总而言之，你要积攒足够的病例，每医好一个病人就是在脚下垫了一块走向新职务的砖。

这一部分工作主要由我负责。不是吹牛，经我治疗的病人，个个康复得红光满面。但是无论医术多么好，总也不见我升职的调令（从现在开始，三婶时而化成游戏中的"我"）。

小侄女对我说，光埋头看病可不行，那只能提高技术一项的得分。升官是个综合的事情，还有考核值、人缘、知名度等各项指标。

我说，医学以外的事，三婶可帮不上你的忙。

小侄女说，您专心看病就是，别的甭管。这游戏我琢磨好长时间了，其他方面我负责。

于是，我和小侄女四手联蝉，以集体的智慧同游戏软体作战。

看了一会儿病人，小侄女说，该出门转一转了。

我说，到哪儿？

小侄女说，当然是到长官的房间里去了。你想升官，不到领导跟前套近乎还行？

于是移动电脑鼠标，领着我离开诊室，到达医务主任室，那老头笑眯眯地看着我们。

屏幕上随之打出我们的三项选择：聊天、送礼、赞扬。

小侄女果断地指挥我：和领导光聊天没用，空口说些赞扬的话也不行，最好的招数是送礼。

我惊奇，忙问：送什么？

小侄女说，查查咱们自家的物品清单上有什么？

电脑查询的结果是——因为我们目前只是一个小小的实习医生，清单上一片可怜的空白。

买。小侄女眉毛不眨地说。

鼠标一转身折进了医院的小卖部，电脑随即列出小卖部的货物名称：金戒指、金表、百年 XO、球赛门票、海钓渔具、印度神油、万灵丹……

我边浏览边气愤：这个小卖部真是居心不良，一般医院探视病人应有的鲜花水果滋补营养品等，一概无货。

咱们现在有多少钱？小侄女问。

我连忙查看储蓄金额，电脑显示微薄的薪金数字。

咱们是穷人啊，钱要使在刀刃上，礼物一定要买得可心才有用。先和同事们聊聊天，看看主任最喜欢什么。小侄女自言自语。

我遵命把鼠标引到同事一栏，出现了几个同样穿白大褂的人，电脑随即打出"情报、喝酒"等选择。

我们当然选择"情报"一项，没想到同事回答：没什么好说的。

我表示心灰意冷，小侄女说，这个同事不肯说实话，肯定是怕得罪领导。咱们给他喝酒，酒后吐真言。

喝一次酒是要花费不少钱的，小侄女很有大将风度，不在乎存款额下降到"0"，也要套出同事的肺腑之言。

电脑中的同事终于说话了：长官喜欢女人。

小侄女说，咱们赶快回小卖部，买礼物投其所好。

我目瞪口呆，思忖着说，没钱了。

恰在这时，电脑指示到了发薪的日子，我们又有了些许积蓄。

我只得遵命返回小卖部，小侄女发令说，咱就买印度神油吧。

我几乎从椅子上弹起来，支支吾吾地说，你……你知道印度神油是干什么的吗？

小侄女一晃脑袋说，你们大人不要以为我们什么都不知道，其实，我们什么都知道。不就是亚当夏娃用的东西吗？有什么了不起的！叫你买你就快买，你马上就可以看到印度神油会使我们的分值提高多少点了。

我还想抗拒，说，这东西贵着呢，会把我们的钱都花光的！

小侄女急起来说，三婶你可真抠门，怎么连这都不明白啊，只有升官才会有钱，小钱不去大钱不来。

我只好服从，以一个实习医生一个月的薪水换得一瓶印度神油。

把礼送给医疗主任……电脑屏幕急速闪动……乖乖，"我"的人缘值立即上升了十二点。

小侄女向我眨眨眼，我噎得说不出话。

之后电脑由我和小侄女轮番操作，我看一会儿病，就换她来搞公关。她不遗余力地请人喝酒，几次沦落到身无分文的地步。但是她也得到了巨大的回报，群众关系好，情报像雪片似的显示出来，成为指导我们的行动纲领。

随意拣几条实录如下，以飨大家。

"对于爱财的长官，你可以送他一本麻将必胜秘籍。"

"不会看的病人你可以转诊，如果出了医疗纠纷，你可以试试用钱来摆平。"

"拍马屁时一定要注意长官的脸色，如果他神气臭臭的，就别说太多的废话。"

"对喜爱球类运动的长官，你可以送他球票球具。"

"医疗纠纷、治死了人，也有好处，它会使你的知名度迅速提高，你会红。"

"有的时候也可以骂骂长官，会使你在大家中的人缘变好。"

开始时，我还想辩驳一两句，很快就发现这是螳臂当车。除非你不玩这套游戏，否则就要按照它的规矩办。要不，你的分值就上不去，面对被除名的危险。

你看到护士在用人体解剖学的骷髅头打排球，如果职务不够高，你就千万不可批评，那会使你的分值下降。

你看到病房里在胡闹，一定要假装看不见，否则你辛辛苦苦积聚起的资格就要毁于一旦。

你在看病之外，需要不停地喝酒聊天无原则地赞扬四处打探情报给长官和其他人送礼……

你这样做了，电脑就鼓励你，给你加分。

你不这样做，电脑就遏制你，减掉你的分。

你只能按照它的规定做，在无数次的重复中，它将一种软体制造者的思维模式像速凝水泥一般注入你的脑海。

小侄女和我共同构成的那个电脑实习医生，飞快地进步着，终于在很短的时间内晋升到了院长的位置。小侄女兴高采烈，她的三婶愁眉苦脸坐着发呆。

我说，这是不是最坏的游戏啊？

小侄女说，这算是最好的游戏啊。它是智慧型的，不像格斗型的，打得人仰马翻很恐怖。再说，这里一个裸镜也没有，不属于"扫黄打非"。

我说，这是哪儿出品的？

小侄女说，不是大陆的。我们好像还不会造游戏吧？反正我是没玩过一个谆谆教导型的电子游戏。

小侄女一蹦一跳地走了，去把这个游戏软体的教导，普及给更多的孩子。

电子游戏是大人们制造出来给孩子玩的，它是一种新型的书。

我第一次痛彻心扉地感觉到自己的苍老、自己的无力——我不可能学会写这种书了。我们是电子游戏盲，报上载了南方的一名女工，省吃俭用为孩子买了电脑，以为孩子是在天天学习，没想到他看黄色软体，萎靡堕落……

崭新的电子时代把我们和自己的孩子隔绝开来……

我们没有为孩子们写出电子书，他们就去读别人写的书。灰色的汁液，一滴滴注入他们心田，也许会在某一个早晨生出荆棘，张开令我们惊愕的黑色翅膀。

我以一个母亲的名义呼吁：天下科学家和文学家联起手来，为孩子们制造光明的游戏！

　　我很爱看小孩子玩电子游戏，看他们沉浸在想象与参与的快乐中，杏眼圆睁，十指联动，小小的身体在椅子上左右腾挪，俨然一场恢宏战役的领袖。

　　我的侄子才十二岁，已在市里的计算机比赛中多次获奖。他很乐意在电子游戏方面做我的启蒙老师，讲解起有关知识，态度和蔼，诲人不倦。

　　有一天我看到他玩游戏时，屏幕上不时红光灿烂，花瓣状的绯红，像原子弹的蘑菇烟云，弥漫整个视野……不由得赞叹道：好漂亮的玫瑰花啊！

　　啥？玫瑰花？

　　小侄子不屑地对我撇嘴，悲悯我的少见多怪。

　　那不是花，是喷溅出来的人血，是我用电锯锯出来的，好过瘾，好开心啊……恰逢屏幕上血光冲天，小侄子乐得手舞足蹈起来。

　　我心一沉，随手拖来一把椅子，坐在侄子身边，看他如醉如痴地玩这款名为"毁灭战士"的游戏。

　　那游戏的内涵并不复杂，只是无穷无尽的巷道，不时从隐蔽处蹿出面目朦胧的"敌人"，你只需利用手中的武器，将对方消灭即可。

武器有许多种，比如冲锋枪、激光炮、炸药包等等。依我的粗浅观察，威力都比电锯要强大，尤其适合远距离作战。但小侄子对传统的锯子情有独钟，当游戏刚开始，尚未找到电锯装备自己时，急得抓耳挠腮，犹如没有寻着金箍棒的孙猴头。一旦电锯到手，便高举此宝，所向披靡地冲杀过去，遗下一路血泊。

我不解，问：那么多的厉害兵器，你为什么废弃百家，独尊电锯？

战斗正值酣处，小侄子来不及细答，激动地抛给我几个字：电锯痛快！

我穷追不舍，缠着要他详作说明。小侄子叹了一口气说：你这个婶婶啊，怎么这么笨！用激光炮射死一个人和用电锯把人卸成八块，那痛快劲儿能一样吗？

我大骇，逼他把事情讲得更明白些。小侄只好忍痛割爱，暂停游戏，调出几幅图像，与我现身说法。

喏，婶婶，你看这是用激光杀人，手指头这么一按，轰的一声，敌人就化成一团烟，什么都没有了。虽说你能继续向前，可是多没意思啊！

用电锯那就大不一样了。它咔咔一响，风一样地锯过去，你就觉得自己特威风，特带劲，特有成就感，过瘾极了……小侄子连说带比画，调出一帧图像：一排肉铺挂猪头的钢钩上，颤巍巍悬挂着些支离破碎的物件。

这是什么？我老眼昏花，一时看不清楚，问道。

这就是用电锯锯开的人啊！喏，这是一条大腿，这边是半截胳膊，最右侧挂的是人肚子下的半截……小侄子沉着地以光标为笔，在

银屏上流利地滑动着，耐心地为我讲解。

我用手术刀解剖过许多真正的尸体，但这一瞬，我在模拟的并不非常真切的图像面前，战栗不止。

你用电锯把它们杀死，可它们究竟是谁！我问小侄子。

它们到底是谁，那要看我玩游戏时的心情了。侄子到底是小孩，并未发现我的恐惧与震怒，依旧兴趣盎然地说下去：要是哪天老师批评了我，我用电锯杀人时想的就是老师。要是同学跟我吵架，我想杀的就是同学。要是我想买一个东西，我妈不给我买，我就假装对方是我妈。要是我爸因为我考试成绩不好，不给我卷子上签字，我就把电锯对准他……婶婶，你怎么啦？脸色为什么这么难看？侄子不知所措地停止了传授。

责任不在他。我竭力控制住情绪，力求音色平稳地说：就因为这么丁点儿小事，你就起了用电锯杀人的心吗？

小侄子愣了一下，突然笑起来说，这个游戏就叫"毁灭战士"，它的规矩就是看到什么就毁灭什么，毁灭就是一切，不需要什么理由啊！

面对着这样的逻辑，喉咙有一种被黑手扼住的窒息感觉。小侄子是个乖巧的孩子，见我神色大变，半天不说话，就关了计算机，哄我道，婶婶不愿听我说杀老师杀爸爸妈妈的话，下次我用电锯时，不想着他们就是了。再杀的时候，我就把它当成一个外星人好啦！

呜呼！

面对小侄子那清澈如水晶的双眸，我真的悲哀已极。外星人与我们何仇？当另一时空的高级智慧生物，冲破千难万险，到达我们这颗蔚蓝色的星球时，迎接它们的将是地球人自己灌输的无比敌意，这是科学的悲哀还是人性的悲哀？当人类用最先进的科技将自己最优秀的儿女送往太空的时候，可曾设想到在宇宙的彼岸，等待他们的将是鲜血淋漓的杀戮？

当然，游戏毕竟不是真实。但游戏是儿童精神的食粮和体操，它潜移默化循序渐进的力量，绝不可忽视。将残暴的杀人裂尸化为电子屏幕下淡然的一笑，让孩子在游戏的过程中轻而易举地完成毁灭世界的欲望，播种无缘无故的仇恨，收获残忍与猎杀他人的快乐……这在幼童，是被迫的无知和愚昧；在成人，是主动的野蛮和罪孽！

我对小侄子说，把这盘"毁灭战士"给婶婶，好吗？

他吃惊道：婶婶要它做什么？莫非也要做一把"毁灭战士"？

我说，我要把"毁灭战士"毁灭掉。

小侄子道，为什么？

我说，因为"毁灭战士"里，没有对这个世界的爱。

每一次卓越
都来自
倔强的孤独

囧。

普通汉字输入法里很难找到这个字，要打开扩充词库才行。

这就是很标准的火星文。

说起火星文，还有个名字也颇为响亮，叫"脑残体"。

最早见到这古怪文字，是在网上看到篇东西，满纸都是诸如"眞愛鈆过昰虚假啲诺言"这类字体。一看之下我大惊失色：文字还好认，第一反应是病毒感染字体库，于是急忙调出杀毒软件狂杀一阵。

结果当然无功而返，上网一查才知道自己"火星"了。原来这是新出炉的象形文字，并非病毒。

后来看到诸多关于火星文的争吵。年轻一代将其奉为自身精神革命的一杆大旗，代表着自尊、自立和思想解放。瞧不上眼的人则对其上纲上线，把它拉到民族心与文化性上去，"上此以往，国将不国"。点开这样的帖子总有些无所适从：两方都没说出什么有说服力的依据，只是在各自立场上狂吼与怒斥。这让我想拉偏架都颇为困难，只得关掉网页了事。

平心而论，火星文并不难认。大多数火星文只要一目十行地看下去，多半还能看懂：浸润多年的汉语语感，会让人对其含义把握得八九不离十。那文章也常是生活场景或情感独白，情感是人类内心共通的东西，当然不难理解。

从没听过有人用火星文写学术文章，我想多半还是因为受众不对口。想那白发苍苍的教授本来就老眼昏花，怎么有精力去研究这种新文字，又怎有耐心字斟句酌地推敲句中含义？

但事情坏就坏在受众群体太小这件事上。一种语言文字让人有使用传播的欲望就在于它能被大多数人接受，因此火星文在各大媒体上遭封杀也是意料中事，这就是小语种的悲哀。

但为什么火星文还有市场？一时好奇，我问了两个"火星写手"。

第一个是个小姑娘，她说：网上坏人多。坏叔叔装成学生样来骗人，和他说几句火星文，他就傻了。

因此，火星文是炼金石。

第二个是个小男生，他说：就是要那群老家伙们看不懂！谁让他们天天老想着分析我们？这次让他们看到脑残！

因此，火星文是大砍刀。

一个话题却有两种截然不同的答案，或许这就是火星文的魅力。

火星文的反击很温柔：我们分属不同的世界，讲着各自不同的语言。大家截然不同，井水不犯河水。

火星文的反击也十分凌厉：你不是想窥探些什么吗？那就是干脆让你看到眼珠抽筋、脑浆沸腾，看你还敢不敢再来。

火星文就是这样绵里藏针的文字。若是心无恶意，自然对人对己都全无伤害。但若是心存不轨，反击也接踵而至。

青年人在成长的过程中，最先渴望发现的，就是自我。他们会像哲人那样思考：我是谁？然后会渐渐发现：我不单是父母的小宝贝，我还是个学生，是个摇滚乐迷，是个班长……

他会发现：我是如此独特，独特到没人和我一样，独特到甚至有些孤独。

接着他会寻找，寻找与自己志趣相投的人组成个小圈子，大家有共同话题，共同兴趣……甚至大家会创造出一种特殊的语言。

说同一种语言，本就是人们达成共识的基础。

这就是火星文。

但青年人也多半会保有一点小秘密，不愿意被人发现。它可能是个放在心底生怕被人嘲笑的梦想，也可能是对隔壁女孩的期盼。这秘密与人无害，却意味深重。所以他们会警惕地把住自己的领地不容别人侵犯，那些鬼头鬼脑窥探内心的人，将被视为最可恶的敌人。

这就是脑残体。

无论叫火星文还是叫脑残体，都只是成长过程中的一面镜子，只是那温和与凌厉交织得紧密。

我把这些告诉两位"火星写手"，他们不置可否，后来也再没说过此事，只是他们不再用火星文。

或者说不再用"脑残体"。

"想也没想"
可不行

　　我小时候，学过一个歌谣，开头两句是这样的："蛤蟆和青蛙，本是亲哥儿俩。不幸同患传染病，浑身长满大疙瘩……"

　　这个歌谣后面说的是，青蛙和蛤蟆找到了啄木鸟医生（这个医生的身份挺古怪的。要说啄木鸟会给树木看病，还可成立，但说能给动物看病，就有点勉强。好了，暂时不去管它行医的资历了，反正是医生来了）。穿着白大褂的啄木鸟，诊疗之后给难兄难弟开出一剂汤药，味道很苦很苦。蛤蟆大哥一尝，"噗"地就把药汤喷出去了，大叫道我可不受这个罪，说罢一个猛子扎到池水中凉快去了。青蛙弟弟很乖，皱着眉头（青蛙有眉毛吗）把苦药汤咕嘟咕嘟咽了下去……过了一段时间，青蛙身上的脓疮痊愈了，只遗下片片淡绿色的小伤痕，讳疾忌医的蛤蟆可就惨了，一身疮疥，人见人烦。

　　歌谣的教诲意义挺明显的，那就是鼓励小孩子得了病后按时吃药，"良药苦口利于病"的古训，再一次得到弘扬。

　　我会背这个歌谣以后，内心却很有一点不以为然。想，患有慢性皮肤病的癞蛤蟆，形象够吓人的没的说，但是，治愈后的青蛙的模样就好吗？眼珠凸起没有脖子，皮肤又凉又黏又滑，也挺可怕。看来，吃不吃药，后果虽然差一点点，也未见有大区别。

题外的话说了这许多，主旨意思是，我很同情《青蛙王子》童话中的女主人公——小公主。觉得她对青蛙的害怕，实在是事出有因言之有理。而且，我觉得青蛙王子不仗义，有点乘人之危。

本来嘛，他为小公主帮忙，就算不是完全无偿的英雄行为，要计报酬，也该明码标价，让小公主好好考虑一下这件事的利弊，有一个思索的时间、权衡的机会，在金球的得失和自己的承诺之间做一个选择。

再说，青蛙王子的要求，不是一下子就提出来的，采取的是步步为营诱敌深入策略。

不妨回忆一下那个过程。青蛙刚开始只是说："告诉我，你遇到了什么困难，让我帮助你。"一副见义勇为的样子。当小公主告诉他金球掉到井里以后，他说："这还不简单，我跳进井底，把它咬出来就好了。"当小公主要他具体地实施这一计划的时候，他摇摇头，笑着说："我找到球后，你要怎么谢我？"

注意啊，关键的时刻到了。小公主想也没想，就回答："不管你要什么，我都答应你。"

于是，青蛙跳进井底，很快把球找到，当小公主要拿球的时候，他说："我要和你做朋友，和你生活在一起，无论你做任何事，我都要和你在一起……"

小公主的悲剧从此开始了。

当然，有人会说，"青蛙王子"本身就是一个关于"一诺千金"的故事。你要么不要答应人家，答应了，就要风雨无阻赴汤蹈火地去践约。在故事中，老国王正是这样要求小公主的。当小公主表示不想和青蛙做朋友的时候，老人家很不高兴，语重心长地说："做人一定要守信用，你既然答应了青蛙先生的要求，就不能不守信用，快去开门吧……"

故事的结尾，丑陋的青蛙变成了英俊的菩提国王子，并且说："虽然小公主脾气不好，但她有仁心又守信用，所以，我愿意娶她为妻子。"结局是小公主坐着纯金和宝石打造的马车，和青蛙王子结婚了。

看到了吧，大团圆的辉煌光环，全是因为完成了承诺。

这个结尾好不好呢？好人终遭好报，当然好了。但我却总觉得有一个不祥的地方，要提请大家注意。这就是小公主的"想也没想"。做一个小孩子，是很容易想也没想的。但世上有些事情，是要很好地想想啊。设想，你为了一个金球，就把自己一生的幸福押了上去，因为你有了一个承诺，所以你不能翻悔。你翻悔，就是品质不良，连你的父亲都不能原谅你，这是多么莫测的命运，这是多么严重的惩罚啊！

幸好这只青蛙是王子变的，要永远是一只普通的青蛙呢？小公主就要天天晚上和冰凉的两栖动物睡在一起。吃饭的时候，看着青蛙的口水把盘子打湿，这是多么烦心苦恼的事情！若是小公主知道了她的金球是要付出这样惨痛的代价才能得到的话，我猜她就是再喜欢金球，也宁可让它沉在水底睡大觉了。

我甚至想，做了菩提国王后的小公主，也许会在某个半夜吓得醒来，摸一摸身边躺着的是青蛙还是王子！

总而言之，我虽然同情被施了魔法的王子，但觉得他用某种小恩惠让小公主就范，取得承诺，涉嫌不公平交易，有不够光明正大的嫌疑。从童话中看，那个给王子施魔法的巫婆，只是要求有一位肯和青

蛙在一个盘子吃饭、在一张床上睡觉的少女，魔法就能破除，并没有说不能把底细说出来。王子不如秉实相告，让小公主有一个选择的机会，行就行，不行也不强求。

凡事要多想一想，不要只贪图眼前的小利。承诺当然是很重要的，但也非一锤定音，万劫不复。如果自己的看法有了改变，认真思考之后，也可以修正。总之一句话——小朋友们，注意啊，该想的时候，一定要想!

"衰老很重要的标志，就是求稳怕变。所以，你想保持年轻吗？你希望自己有活力吗？你期待着清晨能在新生活的憧憬中醒来吗？有一个好办法——每天都冒一点险。"

以上这段话，见于一本国外的心理学小册子，像给某种青春大力丸做广告。本待一笑了之，但结尾的那句话吸引了我——每天都冒一点险。

"险"有灾难狠毒之意，如果把它比成一种处境一种状态，你说是现代人碰到它的时候多呢，还是古代甚至原始时代的人碰到的多呢？粗粗一想，好像是古代多吧。茹毛饮血刀耕火种时，危机四伏。细一想，不一定。那时的险多属自然灾害，虽然凶残，但比较单纯。现代了，天然险这种东西，也跟热带雨林似的，快速稀少，人工险增多，险种也丰富多了。以前可能被老虎毒蛇害掉，如今是被坠机、车祸、失业、污染所伤。以前是躲避危险，现代人多了越是艰险越向前的嗜好，住在城市里，反倒因为无险可冒而焦虑不安。一些商家，就制出"险"来售卖，明码标价。比如"蹦极"这事，实在挺惊险的，要花不少钱，算高消费了。且不是人人享用得了的，像我等体重超标，一旦那绳索不够结实，就不是冒一点险，而是从此再也用不着冒险了。

穷人的险多呢还是富人的险多？粗一想，肯定是穷人的险多，爬高上梯烟熏火燎的，恶劣的工作多是穷人在操作。但富人钱多了，去买险来冒，比如投资或是赌博，输了跳楼饮弹，也扩大了风险的范畴，就不好说谁的险更多一些了。看来，险可以分大小，却是不宜分穷富的。

险是不是可以分好坏呢？什么是好的冒险呢？带来客观的利益吗？对人类的发展有潜在的好处吗？坏的冒险又是什么呢？损人利己夺命天涯？嗨！说远了，我等凡人，还是回归到普通的日常小险上来吧。

每天都冒一点险，让人不由自主地兴奋和跃跃欲试，有一种新鲜的挑战性。我给自己立下的冒险范畴是：以前没干过的事，试一试。当然了，以不犯错为前提。以前没吃过的东西尝一尝，条件是不能太贵，且非国家保护动物（有点自作多情，不出大价钱，吃到的定是平常物）。

即有蠢蠢欲动之感。可惜因眼下在北师大读书，冒险的半径范围较有限。清晨等车时，悲哀地想到，"险"像金戒指，招摇而靡费。比如到西藏，可算是大众认可的冒险之举，走一趟，费用可观。又一想，早年我去那儿，一文没花，还给每月六元的津贴，因是女兵，还外加七角五分钱的卫生费，真是占了大便宜。

车来了。在车门下挤得东倒西歪之时，突然想起另一路公共汽车，也可转乘到校，只是我从来不曾试过这种走法，今天就冒一次险吧。于是扭身退出，放弃这路车，换了一趟新路线。七绕八拐，挤得更甚，费时更多，气喘吁吁地在差一分钟就迟到的当儿，撞进了教室。

不悔。改变让我有了口渴般的紧迫感，一路连跑带颠的，心跳增速，碰了人不停地说对不起，嘴巴也多张合了若干次。

今天的冒险任务算是完成了。变换上学的路线，是一种物美价廉的冒险方式，但我决定仅用这一次，原因是无趣。

第二天冒险生涯的尝试是在饭桌上。平常二五同学合伙吃午饭，AA制，各点一菜，盘子们汇聚一堂，其乐融融。我通常点鱼香肉丝辣子鸡丁类，被同学们讥为"全中国的乡镇干部都是这种吃法"。这天凭着巧舌如簧的菜单，要了一盘"柳芽迎春"，端上来一看，是柳树叶炒鸡蛋。叶脉宽得如同观音净瓶里洒水的树枝，还叫柳芽，真够谦虚了。好在碟中绿黄杂糅，略带苦气，味道尚好。

第三天的冒险颇费思索。最后决定穿一件宝石蓝色的连衣裙去上课。要说这算什么冒险啊，也不是樱桃红或是帝王黄色，蓝色老少咸宜，有什么穿不出去的？怕的是这连衣裙有一条黑色的领带，好似起锚的水兵。衣服是朋友所送，始终不敢穿的症结正因领带。它是活扣，可以解下。为了实践冒险计划，铆足了勇气，我打着领带去远航。浑身的不自在啊，好像满街筒子的人都在议论，仿佛在说：这位大妈是不是有毛病啊，把礼仪小姐的职业装穿出来了？极想躲进路边公厕，一把揪下领带，然后气定神闲地走出来。为了自己的冒险计划，咬着牙坚持了下来。走进教室的时候，同学友好地喝彩，老师说，哦，毕淑敏，这是我自认识你以来，你穿的最美丽的一件衣裳。

三天过后，检点冒险生涯，感觉自己的胆子比以往大了点。有很多的束缚，不在他人手里，而在自己心中。别人看来微不足道的一件事，在本人，也许已构成了鞲鞴般的裹胁。突破是一个过程，首先经历心智的拘禁，继之是行动的惶惑，最后是成功的喜悦。

每一次卓越
都来自
倔强的孤独

比会见总统
更重要的事

　　有一个男人叫阿尔，小儿子叫莎拉。莎拉要参加学校里的足球比赛，邀请爸爸当嘉宾。阿尔答应了孩子的要求，没想到时间和他的工作安排有冲突。那天下午恰好需要他在办公地点会见一位来访的客人。怎么办呢？阿尔想了想，决定还是去学校观看足球比赛，同时工作也不能耽搁。阿尔把自己当成一粒跳棋子，精确地算出了球赛结束的时间，再加上从运动场驱车回到办公地点的时间。如同拉力赛，反推出了会晤开始的时刻。

　　足球比赛按时开始了，不料两队人马在规定时间内打成了平局。加时赛开始了，没想到又打成了平局，第二个加时又开始了。阿尔如坐针毡，工作和父爱撕扯着他。时间已刻不容缓，要想准时会见客人，他必须马上动身了，如果他继续探着脖子观看比赛，迟到就是板上钉钉的事，这是很大的失礼。更糟糕的是，这次比赛后轮到莎拉的父母给队员们分发点心，这对于孩子来说是非常重要非常荣耀的习俗，莎拉一直盼着这个时刻。阿尔煎熬了一番，最后决定留下来。当他把点心非常匆忙地发完，风驰电掣地赶到办公地点，访客已经等得太久了。阿尔道歉说明理由，客人也就释然了。他也是一位父亲，也有一个和莎拉差不多同样大小的孩子。

你看了这个故事，可能会说，是有点感动，可也没有什么了不起啊，无非是一个父亲把孩子摆在了工作前面。可是如果我告诉你，这个父亲当时是美国的副总统，名字叫作"阿尔·戈尔"，办公地点是在白宫，他要会见的那位客人是另外一个国家的总统，你是不是会惊奇？

　　不管你如何感想，反正我看到这个故事的时候，是大大地讶然加上茫然了。为了一个孩子的足球赛，居然把会见他国总统的时间向后延迟，这实在是在我的观念里难以想象的事件。我甚至思忖，也就是美国的副总统敢做这样的事情，因为他们有大国沙文主义，觉得别的国家的总统不如他的儿子重要。

　　但即使是到了这份儿可能是以小人之心度君子之腹的地步，我仍然被这个故事里强烈的情感因子所震撼。把孩子的尊严和快乐放到如此至高无上的地位，让我这样的父母汗流浃背。如果是我等，第一，在时间发生猛烈冲突的情形下，根本就不会答应去看孩子的足球赛。别说是这样的课外活动，恐怕就是孩子的家长会、毕业典礼也会为之让步。个人的事再大也是小事，国家的事再小也是大事，根本就不会挖空心思地计算出时间，以求两全其美。第二，就算是退上一万步，我等答应了去看孩子的足球赛，也会再三再四地像宣布一个恩赐那样对孩子说——我非常忙，所以不可能全程观看，只能到学校蜻蜓点水地走一趟，到此为止，你不要得寸进尺。估计我等的孩子也会乖乖地接受这个现实，绝不敢提出例如赛后发点心这样的非分之想。第三，就算是孩子提出了发点心的奢望，就算我们儿女情长脑子一热当时答应了下来，到了赛场上由于加时赛的变化，时间来不及了，我等一定会毫不犹豫地断然退席，扬长而去。第四，如果我等因此而迟到了，或许会找一个冠冕堂皇的理由，却无法坦诚相告是为了给儿子的朋友们分发点心，因为那似乎是一个难以拿上台面的尴尬理由……

我不知道以上的假设是否符合国情，但我敢说自己一定是会这样做的。我不会把孩子的尊严和快乐看得如此重要，我不知道这是对还是错？

从那个故事结尾来看，戈尔副总统的迟到，似乎并没有给两国关系带来剑拔弩张的后果，那位总统表示理解了戈尔，因为他也有一个几乎同样大小的孩子。

我觉得这有点意味深长。其实，大多数人也许都能理解这件事，哪怕是我们没有正好同样大小的孩子。我们都是从孩子走过来的，我们都还记得自己是怎样期待着父母的关注，如果能在公开的场合，能和自己的小伙伴们一道受到父母的重视，那是何等的快乐。基于这样的理由，成人能够接纳的东西，比我们想象的要多。

如果那天戈尔不去参加莎拉的足球比赛，如果戈尔半道上撤退，莎拉会怎么想呢？莎拉长大之后，如何看待这一天的遭遇？在无数乖张脆弱的成人衣裳里，往往包裹着一个受过心理创伤的孩子。幼年的无价值感，可以在几十年后沁出血珠。被忽视和被放弃的感觉，比一切我们所知的武器，更具有持久的杀伤力。

这个可怕的结论真是比会见总统还重要。在成人的世界里，我们还可以解释，但是对于孩子，我们只有用行动来表达我们的爱和尊重。爱和尊重，是精神世界的总统。

我和瑞恩妈妈
的不同

　　在报上看到一个故事。那是 1998 年的一天，加拿大的六岁男孩瑞恩刚一放学，就急急忙忙跑回家，向妈妈伸出手，说，给我七十加元，我要给非洲的孩子修一口井。原来，老师在给一年级的孩子们上课时说，非洲的孩子没有玩具，没有粮食和药品，甚至连洁净的水也喝不上，成千上万的孩子就这样死去了。瑞恩听了非常难过。老师接着告诉大家，一分钱可以买一支铅笔，二十五分可以买一百七十五粒维生素药片，一加元可以吃一顿饱饭，两加元可以买一条毯子。而七十加元，可以挖一口井。

　　六岁的瑞恩下了一个决心：明天我要带来七十加元，我要为非洲的孩子挖一口井。

　　这就是故事的由来。对于瑞恩的想法，我倒不觉得奇怪，孩子嘛，基本上都是富于爱心和怜悯之情的，他们常常想入非非。虽然成人世界有很多阴郁，但我们教育孩子的时候，总是以阳光和温暖为主。当我看到这里的时候，倒是为瑞恩的妈妈苏珊捏了一把汗——怎么回答呢?

　　苏珊是一家娱乐委员会的顾问，丈夫马克是警察。也就是说，他们是加拿大的工薪阶层，家里共有三个男孩，瑞恩是中间的一个。苏

珊对瑞恩说，七十加元太多了，我们负担不起。

我松了一口气。是的，要是我，我也这么说。要是孩子的每一个善良的愿望都付诸实施，几乎所有的家庭都会破产。

瑞恩没有放弃自己的请求，只要一有时间，他就向父母重复这个愿望。苏珊和马克不得不认真地对待这件事了，他们讨论之后，向瑞恩宣布了一个方案：我们不能白白地给你这些钱，如果你真的想得到，你可以自己去赚。

苏珊在电冰箱上放了一个旧饼干盒子，画了一个积分表，上面有三十五条线。饼干盒子里每增加两加元，瑞恩就可以涂掉一个格子。妈妈对眼巴巴的儿子说，你只有做完额外的家务活，才能得到报酬。你以前做的那些可不算。

瑞恩答应了。六岁的孩子开始清洁地毯，足足干了两个多小时，妈妈验收之后，在饼干盒子里放下了最初的两加元。瑞恩开始帮邻居捡大风吹落的树枝，从此不再买玩具，别人看电影的时候，他擦窗户……就这样开源节流，整整四个月之后，瑞恩攒够了七十加元。

苏珊托了朋友，多方打听，找到了一个名叫"水罐"的组织，他们负责到非洲打井。苏珊带着隆重地穿上了小西服的瑞恩到了那里，人们告知他们，七十加元只够买一个水泵，挖一口井需要两千加元。瑞恩说，那好吧，以后我干更多的活儿，来攒够这笔钱。

苏珊和马克真是发愁了，就算他们的小儿子再不辞劳苦地干家务，可是他们也付不出这笔工资啊。

苏珊的朋友被感动了，用电子邮件把瑞恩的故事传了出去。后来当地报纸登出了这个故事，名字就叫"瑞恩的井"。许多人看了报道，把钱寄给"瑞恩的井"。他的父母为了管理这些钱，专门成立了"瑞恩的井基金会"，在乌干达安格鲁打下了第一口井。现在，这个基金会正在帮助更多的非洲人实现喝上洁净的水的愿望。

瑞恩作为唯一的加拿大人，被评为"北美十大少年英雄"，并得到加拿大总督颁发的国家荣誉勋章。面对着这样辉煌的荣誉，瑞恩今后将何去何从？苏珊说，瑞恩他已经做得够多的了，如果他选择放弃，我们绝不会勉强他。就是说，如果瑞恩决定放弃他的井，他的爸爸妈妈如同当年支持他打井一样，也支持他关井。

不由得想起，如果我有瑞恩这样一个孩子，我该如何应对？

我想首先在瑞恩提出要给非洲的小朋友捐一口喝水的井时，假如我心情不好，我会不耐烦地挥挥手说，这都是大人们管的事，你还小，操那么多心干什么？快写作业去！

假如我心情不错，也许会拿出一张世界地图，指着非洲对他说，你知道非洲在哪儿？看见了吗？在这儿，离咱们十万八千里呢！就算你真有一片爱心，也得等你长大了再说。好了，睡觉去吧，梦中你就能到非洲。

如果我的孩子一定要捐七十加元用来打井，如果我是一个富人，我会说，好，你来亲亲妈妈的脸，妈妈就给你这七十加元。我的孩子多懂事啊，多么有爱心啊。

如果我手头拮据，我会悻悻地说，你还想用做家务挣钱给非洲人，我天天都在家做家务，谁给我钱了？做家务是挣不来这些钱的，你的算盘打错了，有这个时间，你多读点书比什么都好，自己的事情都拉扯不清，连稀粥都快喝不上了，还搭理什么非洲！

如果我的孩子真的不畏艰难，靠自己的努力攒够了七十加元，委托我把它捐到非洲去，我会把钱暗暗收起，然后对他说，我已经把钱寄出去了，非洲那地方很远，你别着急，也许很久之后才会有回音呢！当我几乎忘掉此事的时候，孩子问起，我就会支支吾吾地说，哦，那些钱……当然了，是的，寄出去了，你知道非洲离我们万水千山，他们很难和咱们联系得上，总之我相信他们是收到了……当我说这些话的时候，舌头直打结，那笔钱已经变成了红烧凤爪或是一套课辅教材，叫我如何交代得出确切下落！

就算是我没有贪污孩子打井的资助，我也不可能为他设立一个基金会。我会觉得这是多此一举，是没事找事自寻烦恼，我一天为了自家的柴米酱醋盐还撑不开镊子呢，哪里顾得上非洲！

好了，就算是我为他设立了一个基金会，得到了社会各界的认可和支持，就算他得到了"十佳少年"的称号，上报上电视上广播，我和苏珊最大的分歧也将暴露出来——我无论如何也不能让他停下来。哪怕是他疲倦了，我越俎代庖也要鞭策他保持晚节（对这么小的孩子，也许不能说晚节，那就是早节吧）。哪怕是他厌倦了，我就是打着骂着哄着，也要让他在舆论面前惟妙惟肖地表演爱心。哪怕是他兴趣转移，我也要千方百计地敦促他一如既往地维持下去。既然已经走到了这一步，就好比是上了一条金光闪闪的传送带，怎能轻言退下？光环簇拥着，不能善罢甘休。无论如何也要咬牙挺到被保送上了名牌大学，把这个小英雄称号的内在价值充分利用起来。非洲的井里有没有水，在我这个妈妈的心里，是远远比不上孩子的前途和读书重要的。

我并非一个特别自私的特例。当瑞恩和妈妈一道来中国，在我们的电视台做客的时候，观众问得最多的问题是：瑞恩这样关注非洲的井，不会影响到他的学习吗？这个问题被问到的次数之多，连翻译都说他不耐烦了。

也许我的孩子和瑞恩没有太大的不同，但我和瑞恩的母亲实在是有很多的不同。这些不同，不仅仅是经济上的差异，还有文化和传统上的不同。比如我们会把一个孩子读书的成绩，看成是唯此为大的事情，相信仓廪足然后知荣辱，以为爱是建筑在物质的富裕之上的奢侈。值得反思的不是我们的孩子，而是我们自己。虽然从时间顺序上看起来是先有了瑞恩的想法，然后才有了支持瑞恩的妈妈的行动，其实，是先有了瑞恩的妈妈，才有了瑞恩。这不仅是从生理的意义上来说，从思想的意义上也是如此。

朋友同我讲过这样一个故事。

她到北欧某国做访问学者，周末到当地教授家中做客。一进屋，问候之后，看到了教授五岁的小女儿。这孩子满头金发，眼珠如同纯蓝的蝌蚪顾盼生辉，极其美丽。朋友带去了中国礼物，小女孩有礼貌地微笑道谢。朋友抚摸着女孩的头发说，你长得这么漂亮，真是可爱极了！

教授等女儿退走之后，很严肃地对朋友说，你伤害了我的女儿，你要向她道歉。朋友大惊，说我一番好意，夸奖她，还送了她礼物，伤害二字从何谈起？教授说，你是因为她的漂亮而夸奖她，而漂亮这件事，不是她的功劳，这取决于我和她的父亲的基因遗传，与她个人基本上没有关系。你夸奖了她，孩子很小，不会分辨，她就会认为这是她的本领。而她一旦认为天生的美丽是值得骄傲的资本，她就会看不起长相平平甚至丑陋的孩子，这就成了误区。而且，你未经她的允许，就抚摸她的头，这使她以为一个陌生人可以随意抚摸她的身体而可以不经她的同意，这也是不良引导。不过你不要这样沮丧，你还有机会弥补。有一点，你是可以夸奖她的，这就是她的微笑和有礼貌。这是她自己努力的结果。

请你为你刚才的夸奖道歉。教授这样结束了她的话。

后来呢？我问。

后来我就很正式地向教授的小女儿道了歉，同时表扬了她的礼貌。朋友说。

从那以后，每当我看到美丽的孩子，我都会对自己说，忍住你对他们容貌的夸赞，从他们成长的角度来说，这件事要处之淡然。孩子不是一件可供欣赏的瓷器或是可供抚摸的羽毛，他们的心灵像很软的透明皂，每一次夸奖都会留下划痕。

第六千次
回答

某机构驻北京办事处的首席代表，是一位外籍女华人。

一次聊天，她说，本公司待遇优厚，事业发展很有前途，因此每次招聘白领，硕士博士云集，真像一句北京土话形容的——可用簸箕论堆撮。好中选优，我的用人标准，非常简单。开始阶段，完全唯文凭是举，而且一定要名牌大学的高才生。

我说，这样做，是否有遗珠之憾？自学成才的也大有人在，俗话说包子有肉不在褶上，路遥知马力，日久见人心啊。

首席代表点头道，你讲的也有几分道理，但现代社会如此快节奏，哪有时间像个老农似的，慢慢考察马的能力？我没有火眼金睛能看穿人的心扉，只有凭借他的历史。如果是匹千里马，早该穿云破雾战功赫赫。馅里藏着很多肉的包子，必会油汪汪香气扑鼻，不能等咬了一口才知道。

名牌大学的学生，当然也非个个金刚不坏，但杰出人才的保险系数大一些。你想啊，重点大学的学生，一般来自重点中学，重点中学来自重点小学……据说一个小学生，大约要考五百次试。念到博士毕业，便经历了成千上万次考试。都说现在学生压力大，精神负担重，能在大负荷下，成绩优等，不曾考试昏倒，没有长期失眠，精神无分

裂，身体未崩溃……不正说明了他毅力顽强、心理素质稳定，是可堪造就的人才吗？

再者，我喜欢名牌大学生的自信和优越感，那是一种从小积攒起来的雄厚功力，和接受了某种训练，培育出的虚张声势型的自信，内在质量不一样。后头这种东西，一般的场合下还可凑合，但到关键时刻，需要大胆魄大气概时，就易溃败崩解。现代商战很残酷，谁能在气势上压倒对方，进退有度，坚持到最后一分钟，才能成为长远的赢家。当然，衡量人的整体素质，是综合指标，但我哪有那么多时间一一鉴定？只有忙中取巧，简化约分，把复杂的问题程式化。打仗时，大家挑选勇敢的人。和平年代，人们便用名牌大学这孔筛子，作为人的初步甄别。

我说，您这套观点，和现在的素质教育不符啊，人才应该是一个更广博的概念。

首席代表说，我也是无奈。除了分数，中国现在还有哪种比较公平公开而又负责任的评定指标，可供用人单位参考？国外是有这种标准的。

我女儿和她伙伴，都特别踊跃参加志愿者服务队伍。工作是义务的，没有报酬，但登记处表格摞得天高。孩子们要是得知申请获得接受，被指派了为公众服务的机会，会非常高兴。动机并不完全出于无私的爱心，关键在于活动结束后，用人部门会出示对志愿者能力和责任感的评语。此种经历和得分，对于就业极为重要。

女儿领受任务回家，对着镜子不停地咧着嘴笑。她平常性格内向，不大动表情。那一天，直笑得腮帮上的肌肉都哆嗦起来，好像白天跑了太多的路，睡觉时小腿抽筋一样。我说，艾尼卡，你这是怎么啦？按照中国话说，是吃了笑婆婆的尿了吗？女儿说，妈妈，我被分到一家像迪士尼乐园样的游乐城，将穿着员工的制服，站在一个岔路口，为游人指路。经过测算，游人从进园，玩到我所站立的地方，有三分之一的人，会有需要方便的念头。虽然标有显著的卫生间指示牌，但仍有很多人会四处张望，向服务人员打听——洗手间在哪里？这个时候，我的工作，喏，就是一边打手势，一边笑容满面地回答：请往这边走。

工作基本就是如此，很简单，很单调，但是必不可少。今天，公园服务总管问我，你知道每天要说多少遍"请往这边走"吗？我说，不知道。总管说，要回答六千遍。这句话，我相信你在说第一遍的时候，会亲切可人，温柔有加。说到一千次的时候，也还算彬彬有礼。但你能保证在每天第六千次重复它时，依旧脸上是真切的笑意，口气中没有一丝厌倦的情绪吗？如果你做不到，现在离开还来得及。

我心中一抽，女儿个性强，能承担如此乏味的工作和持续地善待他人吗？没有把握啊。忙问，艾尼卡，你怎样回答？女儿说，我想这是一个培养爱心、锻炼耐力的好机会，再说为了得到一个就业参考的好分数，就咬牙答应下来了，您没看我正在练习微笑吗？

艾尼卡真的说到做到了。我曾在游乐园快下班的时候偷窥过她，那大概已经是她当天的第五千多次微笑了，依旧纯真善良，举止到位，无一敷衍。以至义务劳动结束时，她说，妈妈，我已经忘记如何表示愤怒了。当然，她得到了很好的评语。

听完首席代表的话，我说，您这样一讲，我是又明白又糊涂了。明白的是，艾尼卡是一个好孩子。糊涂的是，既然人的优良品质是培养出来的，这不又和您的天生自信学说矛盾了吗？

首席代表笑起来说，不要钻我的空子啊。天生素质当然最好，如果不具备，就只好退而求其次。好比天然的大虾捕捞光了，人工养殖的也行啊。天才加上训练，就更棒啦！

点亮自己的心灯，扬帆远航

有些人把梦想变成了现实，有些人把现实变成了梦想，关键在于你的梦想是什么，你为你的梦想做了什么！

进当铺的男孩

　　儿子有一天对我说，他们班同学有一支派克笔要出让，开价人民币一百元整。

　　这笔是个什么来路？不会是赃物吧？我说。

　　儿子说笔的来路绝对正当，是那同学的亲戚送的，他因已有了一支，故将这支卖出，肯定是原装。

　　我看出儿子的渴望，就说，我认为一个孩子现在就用派克笔，有点为时过早。

　　儿子激烈地反驳说，派克笔也是少儿不宜吗？

　　我被噎得没话回答，就说，这笔太贵了，没有那么多的钱。

　　儿子转了一下眼珠说，您的意思是只要我可以搞到钱，就可以买下这支笔啦？

　　我当然不是这个意思，但一时也琢磨不出更好的理由回绝。想他一直是个守本分的孩子，手中并无积攒的闲钱，现在离春节还很远，也没有压岁钱供他挥霍，只要施行经济封锁，他的梦想就是镜中之花。于是支吾着说，是啊是啊。

　　儿子说，买笔的事，咱们一言为定。

　　我说，钱的来路需光明正大。

儿子说，您就放心好了。

过了两天，儿子把他的世佳游戏机妥妥帖帖地捆起来，结实得好像一个炸药包。我随口问了一句，又要借给哪个朋友玩啊？

儿子龇牙笑着说，这一次不是借给人家，是放进当铺里换点现金。

我吓得跳起来，抚着胸口说，请把你的话再说一遍，我大概耳背了，实在听不明白。

儿子说，为了买笔，我需要钱。我检点了一下我的所有财产，就数这台游戏机值钱了。我去当铺里问了一下，大约可当两百五十元钱，可惜您把发票弄丢了，要不然还可以多当些。

我说，天啊，你小小的年纪就知道进当铺了，长大了一定是个败家子。

儿子奇怪地说，这和败家子有什么关系？反正从现在到暑假，我都没有机会玩游戏机了，放在家里什么用也没有。进了当铺，我就可以用钱买到笔……

我不客气地打断他的话，可是你拿什么钱来赎呢？医得眼前疮，剜却心头肉。到时候没有钱，你的游戏机就成了死当（我好不容易从以前读过的旧小说中，记起了死当这个词，用得恰是地方）。

儿子不慌不忙地说，以后我每个月都从伙食费里节省一些，到了暑假的时候就可以把游戏机赎回来了。当铺的库房很严密，还有空调，游戏机搁在那里，真是比家里还保险呢。

我瞠目结舌，面对着这种无懈可击的计划，只能自叹弗如。

我说，我这一辈子，除了出门忘记带钱的时候，临时跟人借个汽车票钱什么的，还真没有正儿八经地借过钱，更不要说进当铺了。

儿子说，要是等我慢慢地把钱攒够了，我们同学的派克笔早就拍卖出去了。我觉得当铺没有什么不好的，可以救人急难。

我们的争论告一段落。

后来，儿子还是把他同学的派克笔买了回来，用的是我贷款给他的一百元钱。

我一再声明贷款是无息，而且偿还期可以拖得很长，不必他短时间内压缩伙食费还贷，以保障身体健康。

儿子从此用派克笔流利地书写作业，但提起此事时，表情却是悻悻的。

他说我给的钱有嗟来之食的味道，还是自己进当铺来得理直气壮。

每一次卓越
都来自
倔强的孤独

儿子的创意

儿子在家里乱翻我的杂志，突然说："我准备到日本旅游一次。"因为他经常异想天开，我置之不理。

他说："咦，你为什么不表态？难道不觉得我很勇敢吗？"

我说："是啊是啊，很勇敢，可世上有些事并不单是勇敢就够用，比如这件事吧，还得有钱。"

他很郑重地说："这上面写着，举办一个有关宗教博物馆建筑的创意征文比赛。金牌获得者，免费到日本观光旅游。"说着，把一本海外刊物递给我。

我看也不看地说："关于宗教，你懂多少？关于建筑，你懂多少？金牌银牌历来都只有一块，多么激烈的争夺，你还是好好做功课吧。"

他毫不气馁地说："可是我有创意啊，比如这个博物馆里可以点燃藏香，给人一种浓郁的宗教气氛。比如这个博物馆里可以卖斋饭，让参观的人色香味立体地感受宗教。比如这个博物馆里可以播放佛教音乐，您从少林寺带回的药师菩萨曲，听的时候就让人感到很宁静。比如……"

我打断他说："别比如了，像你这样布置起来，我想起了旧社会的天桥。人家征的是建筑创意，要像悉尼的贝壳状大歌剧院，有独特的风格。我记得你小时候连积木都搭不好，还侈谈什么建筑！"

十几岁的儿子好脾气，不理睬我的挖苦，自语道："在地面挖一个巨大的深坑，就要一百米吧，然后把这个博物馆盖在底下……"

我说："噢，那不成了地下宫殿？"

儿子不理我，遐想着说："博物馆和大地粗糙的岩石泥土间要留有空隙，再用透明的建筑材料砌成外墙，这样参观的人们时时刻刻会感到土地的存在，产生一种神秘感。从底下向阳光明媚的地面攀升，会有人的自豪感。地面部分设计成螺旋状的飞梯，象征着人类将向宇宙探索……"他在空中比画了一个上大下小的图形。

我不客气地打断他："挖到地下那么深的地方，会有矿泉水涌出来，积成一个火山口样的湖泊。你想过没有？再说什么样的建筑材料，可以长久地保持你所要求的透明度？还有你设计的飞梯，空中的螺旋状，多么危险！反正我是不敢上这种喇叭形梯子的。还有……"

儿子摆摆手说："妈妈，您说的问题都是问题，不过那是工程师们需要解决的问题，不关我的创意。妈妈，您知道什么是创意吗？那就是最富于创造性的意见啊。"

我叹了一口气说："好了，随你瞎想好了。不过我要提醒你一句，对于一个学生来说，我以为最好的创意莫过于一个好成绩了。"

儿子在电脑上完成了他的创意。付邮之前，我说："可以让我看看你的完成稿吗？"

他翻了我一眼说："您是评委吗？"

我只好一笑了之。

很长时间过去了，在我们几乎将这事淡忘的时候，儿子收到了一个写着他的名字并称他为"先生"的大信封。

他看了一眼地址，是那家征文发起部门寄来的。儿子对我说："妈妈，猜猜信里有什么？"

我说："一封感谢信，所有的投稿者都会得到的回答。"

儿子说："我猜是一张飞往东京的机票。"

我们拆开信，里面是一张请柬，邀请儿子到海外参加发奖仪式。

儿子苦恼地说："现在赶去也来不及了，再说他们也没说清我是不是获奖者。"

我说："还不死心啊？邀请你参加发奖，已是天大的面子。我想，这同我们这儿的电视剧友情出演一样，烘托气氛，以壮声威，是助兴之举。"

儿子思忖着说："妈，您说这发奖会不会像奥斯卡奖一样，给所有可能获奖的人都发请柬，到时候再突然宣布谁是真正的得主？"

我说："一个建筑奖恐怕不会像电影奖那样张扬，别想那么多了，重要的在于你已参与。"

儿子皱起眉毛说："参与固然重要，得奖也很重要。"

我说："对于你现在最重要的是做作业。"

当我们把这件事完全忘记的时候，接到了征文举办部门的第二封信。信中说，我的儿子没能去参加那天隆重的发奖仪式，他们深感遗憾。儿子得了创意银牌奖，奖牌及奖金他们没法转来。

儿子放学回来，还没摘书包，我就把信给他。

他看了一眼，然后淡淡地说："银牌啊？我想我是该得金牌的。一定是他们觉得我年岁小，一个人到日本去不方便，商量了一下就说，算了，给他个银牌吧。"

我瞠目结舌，停了一会儿才问他："你为什么这么想到日本去呢？"

他立时来了精神，兴致勃勃地说："日本的游戏机最好玩了，我去了就可以买一台回来玩啊。"

书包
划破之后

儿子小的时候，我的职业是医生。

医院里的夜班，从下午四点值到第二天早上八点，要是夜里恰赶上抢救病人或是来了重患者，就会彻夜不得合眼，精神和体力都非常疲劳。但也会有整整一夜，并无复杂的病人来就诊，顶多不过是些感冒肠炎，很快就可以完成诊断和治疗。遇到这样的日子，下班后休息的那个白天，就可以做一些平日想做而没有时间做的事，好像凭空多了一天假日。

但这种概率很小，多数医生都是忙碌一夜，清晨脸色惨白地回家，所以都不愿上夜班。

我常常和别人换了夜班来值。人家问我为什么，我总是一笑说，夜里清静，可以看书。

这当然也是一个理由，但更强大真实的理由是——第二天休息的日子，我可以领着孩子到公园游玩或是去展览会参观啦！

也许有人会说，不是有星期天吗？那时再去玩，不是也很好？我不喜欢星期天出门，因为人太多了。你到公园里，从买门票开始就得排队，到儿童乐园又得排队……无数宝贵时间耗费了。到博物馆就更惨了，不是看展品，简直就是观摩各式各样的服装和人脸。

平常的日子，人要少得多。你会觉得天空是那样蓝，风景是那样优美。特别是有些特殊的博物馆，比如某某名人故居，某个出土文物的展览，清风徐徐，静寂肃穆，游人寥寥，连服务人员也格外和气。美丽的建筑好像是专为等候你的参观而矗立在那里，携着儿子的小手，缓缓地浏览，轻声地为尚未识字的他读着说明文字，真是精神上的绝好享受。

　　这种设计的风险是——假若那天夜里十分忙碌，下班的时候基本上筋疲力尽。但因事先有了约定，儿子已在幼儿园请好了假，望眼欲穿地等着我领他出去，箭在弦上，不得不发。我纵是彻夜未眠，也需精神抖擞地陪着孩子玩一天。

　　先生劝我何必把自己搞得这样辛苦，你无法预测这个夜班是平安还是忙得一塌糊涂。

　　我对先生说，谢谢你的好意，但我实在没有勇气对一个热望着的孩子说——我们改期。好在我的夜班并不是连续的，辛苦一点，也不会影响后面的工作。只要我自己能够坚持，对他人并无妨碍。

　　先生说，想不通你为什么要这样争分夺秒？孩子又不是一个马上要起爆的炸药包，早一天或是晚一天看一个展览，有什么大区别？

　　我说，孩子长大的速度也许比炸药爆破的速度还要快。我想让他早一点接受人类最美好的那些精神遗产，让它们像养料一样，融进孩子的大脑。

　　每当我不在家睡觉的日子（因为到医院去值夜班），儿子就会很高兴。因为他知道，明天妈妈会领他到一个好玩好看的精彩地方，这规律几乎是雷打不动。儿子小的时候，我几乎领他走遍了北京所有的参观场所。有一次，同一位很有威望的博物馆专家聊天，他夸奖我对

博物馆的了解比一般人要深入得多。

也有出纰漏的时候。

那一夜，记得是抢救一位垂危的病人，殚精竭虑。下班回到家，脚下好像踩着棉花糖。真渴望脑袋把枕头砸出一个坑，死一般地睡过去。但看着儿子贮满希望的眼睛，我说，出发！到公园去！

在公共汽车站等车的时候，我摇摇欲坠。狠狠捏了自己一把，我突然清醒地发现儿子又长大了，应该要教给他新的本领。

我对他说，要是我们在公园走散了，你怎么办呢？

他说，我就给你们打电话。

我说，这当然也是一个办法，但更好的办法是自己买一张汽车票，像老马一样跑回家。

他说，可是我没有买票的钱啊。

我说，我这就给你一点钱，足够你买车票，还够你吃一个面包喝一瓶汽水。

儿子对我的建议很感兴趣，把钱很仔细地藏在自己的小裤兜里。然后和我离得很远，恨不得现在就与我走丢，以实现独自回家的尝试。

公共汽车来了，挤得非凡。我怕他人伤了孩子，就用身体护着他，别的什么都顾不上了。

总算平安地到了目的地。但是我随即发现了悲惨的情况：书包被人用刀片划了个大口子，钱包没了。

一个同车的老婆婆对我说，你怎么能在等车的时候，从包里往外掏钱呢？贼眼就把你惦记上了。我当时就想，你可能要招贼，果不其然啊……

我谢了老婆婆的教诲，和儿子站在马路边，一时不知下一步该干

什么。

妈妈，你不必发愁，我这里有咱们回家的路费呀。儿子拍拍他的小裤兜。

我开颜一笑，说，路费的事，不必着急。回家的时候，我把割破的书包让售票员阿姨看一下，我们就可以不买票了。

儿子说，那多不好意思啊，我们还有钱，还是买票吧。

我说，好吧，就听你的。但遇到特殊情况，善于争取别人的帮助也很重要。我现在想的是咱们今天到哪里去玩？

真得感谢我这个人平时有乱放东西的习惯，在书包的犄角旮旯里，搜出了些许零钱。但清点之后，又很失望。它够我们买公园的门票，但却无法支付玩游艺机和参观其他展览另须购票的费用。也就是说，如果我们按原计划逛公园的话，只能在公园的长椅上闭着眼睛度过一天。

这对一个小马驹样的孩子，自然不宜。

依我的本意，多么希望就此打道回府，美美地睡一觉啊。但是，不可。我的孩子注视着我的一言一行，特别是今天发生了丢钱的事，他会格外在意我如何处置。

我张望着，思考着，突然看到一张海报，心里有了主意。

我们去看环幕电影吧。我们都没看过这种电影，长长见识怎么样？剩下的钱刚好够买两张电影票的。我说。

好啊！妈妈！儿子快乐至极，他小小的心里一直害怕会取消今天的节目。

我清仓挖潜，凑够了电影票钱。走进黑沉沉的环幕电影院时，我唯一的念头是趁机打个瞌睡。可惜四壁被银幕包绕，竟是没有座位的，加之影片很是惊险，观众惊叫不止，让人根本无法合眼。

出了影院，阳光刺得人睁不开眼。我对儿子说，因为妈妈的疏忽，今天原定的计划无法实施了。我们已到弹尽粮绝的地步，再没有钱了，回家休整吧。

儿子懂事地说，好吧。

我不敢说自己算是一个好母亲，只知道自己已经尽力。

后来我在儿子的作文《难忘的一天》里，看到了他对幼年时这次经历的回忆。

他写道：通过这一天，我记住了不要在公共场合翻看钱包，那样容易丢失。如果有了困难，可以争取别人的帮助，只要讲清情况，大多数人是通情达理的，但是我更喜欢依靠自己的力量解决问题。我只看过这一次环幕电影，它并不很好看，比较没意思，但我还是很珍惜。因为那一天妈妈下了夜班领我出去玩，她很累，我们又丢了钱。但妈妈一点都不慌张，她使我懂得了遇事要镇定……

教你生病

儿子比我高了。

一天，我看他打蔫，就习惯地摸摸他的头。他猛地一偏脑袋，表示不喜欢被爱抚。但我已在这一瞬的触摸中，知道他在发烧。

"你病了。"我说。"噢，这感觉就是病了。我还以为我是睡觉少了呢。妈妈，我该吃点什么药？"他问。

孩子一向很少患病，居然连得病的滋味都忘了。我刚想到家里专储药品的柜里找体温表，突然怔住。因为我当过许多年的医生，孩子有病，一般都是自己在家就治了，他几乎没有去过医院。

"你都这么大了，你得学会生病。"我说。"生病还得学吗？我这不是已经病了吗？"他大吃一惊。"我的意思是你必须学会生病以后怎么办。"我说。

"我早就知道生病以后该怎么办。找你。"他成竹在胸。"假如我不在呢？""那我就打电话找你。""假如……你始终找不到我呢？""那我就……就找我爸。"

也许这样逼问一个生病的孩子是一种残忍，但我知道总有一天他必须独立面对疾病。既然我是母亲，就应该及早教会他生病。

"假如你最终也找不到你爸呢？""那我就忍着，反正你们早晚会

回家。"儿子说。"有些病是不能忍的，早一分钟是一分钟，得了病以后最应该做的事是上医院。""妈妈，你的意思是让我今天独自去医院看病？"他说。虽然在病中，孩子依然聪敏。"正是。"我咬着牙说，生怕自己会改变主意。"那好吧……"他扶着脑门说，不知是虚弱还是思考。"你到外面去'打的'，然后到××医院。先挂号，记住，要买一个本……"我说。"什么本？"他不解。"就是病历本。然后到内科，先到分号台，护士让你到几号诊室你就到几号，坐在门口等。查体温的时候不要把人家的体温表打碎。叫你化验你就到化验室去，要先划价，后交费。等化验结果的时候，要竖起耳朵，不要叫到了你的名字没听清……"我喋喋不休地指教着。"妈妈，你不要说了。"儿子沙哑着嗓子说。

我的心立刻软了。是啊，孩子毕竟是孩子，而且是病中的孩子。我拉起他滚烫的手说："妈妈这就领着你上医院。"他挣开来，说："我不是那个意思。我是说我要去找一支笔，把你说的这个过程记下来，我好照着办。"

儿子摇摇晃晃地走了。从他刚出门的那一分钟起，我就开始后悔。我想我一定是世界上最狠心的母亲，在孩子有病的时候，不但不帮助他，还给他雪上加霜。我就是想锻炼他，也该领着他一道去，一路上指指点点，让他先有个印象，以后再按图索骥。虽说很可能留不下记忆的痕迹，但来日方长，又何必在意这病中的分分秒秒。

时间艰涩地流动着，像沙漏坠入我忐忑不安的心房。两个小时过去了，儿子还没有回来。我虽然知道医院是一个缓慢的地方，心还是疼痛地收缩成一团。

虽然我几乎可以毫无疑义地判定儿子患的只是普通的感冒，如果

寻找什么适宜做看病锻炼的病种，这是最好的选择，但我还是深深地谴责自己。假如事情重来一遍，我再也不教他独自去看病。万一他以后遇到独自生病的时候，一切再说吧。我只要这一刻他在我身边！

终于，走廊上响起了熟悉的脚步，只是较平日有些拖沓。我开了门，倚在门上。

"我已经学会了看病，打了退烧针，现在我已经好多了。这真是件挺麻烦的事，不过也没有什么。"儿子骄傲地宣布，又补充说，"你让我记的那张纸，有的地方顺序不对。"

我看着他，勇气又渐渐回到心里。我知道自己将要不断地磨炼他，在这个过程中，也磨炼自己。

孩子，不要埋怨我在你生病时的冷漠。总有一天，你要离我远去，独自面对包括生病在内的许多苦难。我预先能帮助你的，就是向你口授一张路线图。它也许不那么准确，但聊胜于无。

　　从抱着儿子看电视的时候起，一遇到认为不宜孩子看的镜头，我就大叫一声："孩子，闭眼！"

　　他就乖乖地闭了眼，黑黑密密的睫毛像蚌壳一般合拢。等到我如释重负地说："好啦，过去啦！"他才"吧嗒"一声把睫毛打开。

　　为了这一份责任和信任，我看电视的时候就很紧张。要急速地跟踪剧情，准确地预报在什么情形下出现"少儿不宜"。

　　预报得晚了，那如火如荼的场面，猝不及防而来，污了孩子的瞳孔，做母亲的心中就内疚失职。

　　预报得早了，孩子枉闭了多半晌眼睛，并无什么暧昧的镜头。徒然使剧情中断，还得把孩子从冬眠状态唤回来，把断了的茬口讲给他听。

　　预报得少了，先生在一旁发议论，说此类界限还是宜严不宜宽，宜紧不宜松。

　　预报得多了，随着孩子的长大，他也不满，说有什么大惊小怪的，不就是拥抱吗？大街上有的是，也不能天天在马路上闭眼啊。

　　于是觉得妈妈真难当。

　　电视机是家庭的"闯入者"，你不知道它将在什么时候，做出什

么嘴脸，说出什么话。它把许多你不明底细的人编造的故事，毫无先兆地塞给你。好像一个厨师，蒙了你的眼，不由分说灌给你一碗汤，倘是个成人，你觉得辣，可以呕吐，你觉得苦，可以咬紧牙关。可若是个孩子，待你觉出味不对时，他已经叽里咕噜咽下肚。

你说怎么办？

而且那类镜头的出现，越来越神出鬼没，时时没有前奏没有酝酿地从天而降，让你防不胜防堵不胜堵。

思绪疲惫之余，想起大禹治水。与其同步跟踪，不如设法疏导。记得一本心理学书上说："若是电视上映出男女过于亲近的画面时，当妈妈的不要惊恐万状，那样会更引起孩子的关注，而应该从容镇定地说：'这个叔叔和阿姨这样随便接触是不好的。'"

我谨记书上的教诲，依样实践了一次。除了本人声音可能不够冷静以外，我以为自己的表现基本符合规定。我注意观察孩子，他好像也没有什么明显的异常。于是我心中窃喜，想这法子还行。

在以后的一段日子里，我叫"孩子，闭眼"的次数显著减少，说"这个叔叔和这个阿姨这样随便是不好的"频率显著增加。

终于有一天，我刚张嘴说"这个叔叔和……"孩子就说："你老说人家不好不好的，不好，为什么电视里还老演？不好，他们为什么还那么高兴？"

我瞠目结舌。

于是，一切回归老样。看电视时我目不转睛地盯着荧屏，利用自己所有的艺术思维，分析判断将要出现的场面，包括熟悉时下流行的噱头方式，以防它在最出乎意料的地方突然袭击。

经过这一番努力，我发出"孩子，请闭眼"警报的命中率越来越高了。

孩子在我的叫声中渐渐长大，终于有一天他对我说："妈妈，你这么一天到晚地喊闭眼闭眼的，累不累呀？"

我严肃地回答说："累呀！"

他说："那你就不要喊了好不好？其实你不在家的时候，我一个人看电视，不可能一会儿睁着眼睛一会儿闭着眼睛。"

我说："我知道。"

他说："那你何必还要辛辛苦苦地不停地喊？"

我说："就因为我是你的妈妈。电视里那样演，表达的是他们的看法。我要告诉你的，是我对这件事的看法。人世间最美好的感情，不是那样放肆和赤裸。"

他似懂非懂，用商量的口气说："那你也可以换一种喊法啊，老说'闭眼'，口吻是不是显得太幼稚了？"

我苦笑着点点头，说："你说得对，可是你知不知道，我从你很小的时候就这样喊，一时半会儿改不过来，况且你说改成什么口气好？"

他想了半天，也没想出来。

于是，我们家的夜晚，还是常常发出"孩子，请闭眼"的呼唤。

儿子
方程式

儿子渐渐长大，常有惊人之语，逼你不断地想到"代沟"这个词。

很想同他好好地谈谈"异性"这个问题。做母亲的，就像一只老狐狸，什么都想教给孩子。

只是怎么谈呢？亲近有时是一道纱屏障，影影绰绰又无法挑开。

机会终于来了。海外的朋友寄来刊物，内有一份面向少男少女的问卷，题目是"异性的哪种特质最吸引你"？回答方式类似考试的多项选择题，列了诸条标准，你只需——回答"是"还是"否"。通篇做下来，你对异性的标准就昭然若揭了。

我对儿子说："喂！这里有一份很有趣的表格，你不想填一填吗？"

他拿过刊物，飞快地掠了两眼，说："我知道你想了解我的心，可是我拒绝回答你。"便把表格掷还。

我一点儿都不意外这回答。这个年纪的孩子，常以"不服从"来向世界证实自己的价值。我说："我作为一个母亲，想了解你的心，并不是什么不可思议的事。一个人应当心底无私天地宽。大丈夫，端的是襟怀坦白无事不可对人言。若以兴国为己任，不扫一室何以扫天下？"

对付这种混沌初开的少年，我知道他们既自负又极易受他人影响，既鄙弃权威又崇拜名言。于是我也因地制宜，五色杂糅，中西合璧来个地毯式轰炸。

果然，他默不作声，表示在思考。我审时度势，再烧一把火。

不过，要换一个角度。

我说："嘿！这表中有一个词，我不懂，诚心诚意请教你。"

儿子一下来了情绪，问："哪个词？"

"喏，就是这表上的第十四条：你是否喜欢'酷'——是'残酷'的意思吗？这真是个可怕的问题。不管男孩女孩，都不该喜欢残酷。"我很严肃地说。

儿子嘻嘻笑了，"吓！连'酷'都不懂，还算什么作家？！'酷'就是冷峻漠然的样子，是个好词。"

我说："喔，但是不管怎样，我还是不喜欢这个'酷'。"

儿子叹了一口气，是少年人那种没有忧愁意味的短促叹息，说："我们班很多同学喜欢'酷'的，可是我不喜欢。"

我趁热打铁，说："人和人的看法有时很不同。这样吧，我将着这表格读出它列的种种品质，你简单地回答'是'还是'否'就行了。好，我们现在就开始。"我不给他以喘息抉择的机会，擎着表念起来。

"你觉得异性最吸引你的特质是——第一条：健康？"

儿子不知不觉中已纳入我的轨道。他几乎毫不迟疑地回答："不，健康不重要，我不在乎是不是健康。"

我像被一下子塞了半个冷窝头，瞪着眼，噎在那里。

真是少年不知愁滋味啊，他居然敢说健康不重要！真羡慕展开在他面前的无边无际的青春，可容这般挥霍。

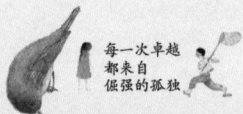

镇静了一下，我问第二个问题："最吸引你的异性特质——聪明？"

"不，聪明也不重要。女孩子不需要太聪明，况且她们也都不太聪明。"儿子轻描淡写地说。

好一个少年大男子主义。我无可奈何地问第三项："美，俊。"

儿子略微沉吟了一下，说："这不重要。"

我不由自主地点了点头，以示嘉许。看来学校里心灵美的教育已深入人心。

"第四条是：温柔，有爱心。"我说。

儿子第一次认真地答复："是。"接着又补充了一句："一个女孩子要是没有爱心，比男孩子如此还令人不能接受。"

"第五条是有才华。"

"这不重要。"

"再下一条是勤奋用功。"

"这也不重要。"儿子果决地说，全然不顾我有所暗示的沉痛语调。

"第七条是幽默。"我照本宣科。"嗨！这一条可是太重要了，女孩子一定要幽默。"他跳起来说。

我说："刚才忘记告诉你了，一个人只能在各种特质里选择三项。你现在已经选了两项了，最后的选择可要慎重。"

"就像童话里的宝葫芦，只能使用三次吗？"儿子一脸顽皮地说。

"没那么严重，但为维持测验的准确性，我们还是遵守规则的好。"我顿一顿说，"稳重。"

"Pass。"儿子一挥手。

我好惋惜。我始终认为稳重是一个好女孩极为要紧的标志，却被儿子这般轻易地否决。

"整洁。"

"Pass。"儿子想也不想地回答。

天啊，我简直想哭泣。这孩子怎么会认为整洁不重要呢？我不得不插话扭转局势："请再考虑一下，你难道喜欢一个肮脏的女孩吗？"

他潇洒地一甩头发说："您不是常说我也不很整洁吗？要是喜欢太整洁的女孩，她会挑剔我的。还是半斤对八两的好。"

我瞠目结舌又无可奈何。

"再下一条：慷慨。"

儿子踌躇了一下，还是挥挥手说："Pass 吧。慷慨这个美德，还是留给自己拥有吧。"

"有气质。"

"有气质……这当然很重要……"儿子沉思着，问："后面还有几项？"

我数了数说，"还有四项。"

"那么这样好了，要是没有更中意的，我就选气质了。如果有，这条就不算了。暂且保留，妈，您再往下念。"

"活泼……"

"这条毫无意义，女孩子基本都活泼。"

"随和，好相处。"我用手指头点着说。

"这一条本意不错的，但是和有气质相比，还是弱些。"

"第十四条就是我们刚才说过的'酷'了。"

"这条我们已经否掉了。妈妈，快念最后一条吧。"手里还握着最后一道选择权，儿子摩拳擦掌。

"这第十五条是：鬼点子多，有创意。"我多少有些不屑地说。我不喜欢变幻莫测的女孩。

"哇！这一条多么好！我想是该有这样一条的，我一直在等着这一条……"儿子喜上眉梢，一副他乡遇故知之感。

我哭笑不得，诱导他说："你再考虑考虑……"

儿子说："噢，妈妈，我知道您是不会赞成我的，所以一开始才不答应和您做这个游戏。现在您知道我的心了，我不想改变，我要去做作业了。"说完，义无反顾地忙自己的事去了。

我抚摸着那张表光洁的纸面，看着儿子在众多的条款中筛选出的三条：一．温柔，有爱心；二．幽默；三．鬼点子多，有创意。

它们像清脆的风铃，在我耳边响个不停。这是儿子为他自己列出的一道方程式，使我陌生。

细细想来，这几项有些矛盾。比如又温柔又鬼点子多，似乎很难和谐地统一在一个人身上。温柔的后面像影子一般追随的多是敦厚，而太敦厚的人是想不出精彩的鬼点子来的……儿子还小，他不知道人类的某些品质原是相生相克的。

还有幽默。当今的中国女孩中，有多少人享有这种智慧与襟怀的结晶呢？恕我悲观，只怕凤毛麟角。

但是，你不得不承认，儿子是崭新的一代。

方程式已然列出，答案需他们自己寻求。

母 爱 是 风 和 日 丽 的 春 天

很多受伤的女人，像一只疲倦的海鸟，她们飞了那么远的路，在羽翼低垂嘴角渗血的时候，仍然要不顾一切地回到自己的巢，呵护自己的幼子。

蓝色萝卜

有一天，我到商场的玩具柜台，为朋友的孩子过生日准备一份礼物。因总是拿不定主意，挑来选去的很费时间，便听到了如下一番谈话。

一位老妇人，在卖橡皮泥的柜台，转了好几个圈，神色有几分茫然。嘴里小声嘟囔着，哟，这才几年不见，橡皮泥已经变得这样豪华了，好的要上百块钱一套了，记得早先，几毛钱就能买一版，什么颜色都有的……

正值中午，买东西的人不多，女售货员挺清闲的，就同顾客聊开了天儿。

哎，我说这位大姐，您那是什么时候的皇历了？几毛钱一版？少说也是三十年前的事了。现在的橡皮泥，三十六色，花哨着呢，还附带模型，您是想要麦当劳的食品型，还是白垩纪的恐龙型？您叫孙子把橡皮泥往模型里这么一按，再一磕出来，就什么都妥帖了，跟真的一模一样。

那老妇人现出不好意思的神态，说，我不是给孙子买的，是给儿子买的。

售货员并不因自己说差了而尴尬，很快接着话茬儿说，看您这年纪，儿子怕也有三十了吧？您还这么惦记着他，真是个好妈妈啊！

老妇人点点头说，是啊，他大学毕业，已经工作多年了。她边说，边拿起售货员递来的样品，很仔细地端详后，把附有模型的橡皮泥向柜台里面推了推说，我不要这种千篇一律的东西，要那种自己可以随心所欲地发挥创造性的橡皮泥。

售货员热情而久经世故的脸上出现了几丝迷惘，连我也听得起了好奇之心，用余光打量起老人。她衣着很普通，第一印象，几乎要把她归入家庭妇女范畴。但这结尾的话，让人得修改初衷，确认她是受过良好文化熏陶的知识女性。想来那儿子，也已是成年的知识分子了。那么，这玩具的意义何在呢？

售货员不愧见多识广，在短暂的愕然之后，很快就重现成竹在胸的神色，缩窄了喉咙，同情地说，哦，我明白了。您的儿子精神上……是不是有点……那个……我接待过这样的顾客，是安定医院的大夫，也是不要带模型的橡皮泥，因为对病人的思维和手的活动帮助不大，简装的橡皮泥，反倒实用。病人们可以像孩子一样瞎捏，尽情地发挥想象力。听说从他们捏的玩意儿里，还能推断出病情好坏呢……

售货员嘴快手也快，把带有麦当劳和恐龙图案的大盒橡皮泥麻利地收起来，递过一种色彩艳丽的简装橡皮泥。

老妇人很感激地看着售货员，轻声道着谢，然后细察新品种的成色。

售货员充满同情地叹了一口气。老人露出不很中意的样子说，基本还可以吧，只是有没有更多一些的呢？

售货员恍然大悟道，是这样啊，那我们还有大桶装的，都是专给幼儿园团体购买预备的，够一个班小朋友捏着玩了。说着，她从柜台角落拖出一个铁皮桶，看起来分量不轻。

老妇人再次察看，脸上终于露出满意的笑容，说，谢谢你啦。我儿子个子很高，手也很大，手指也粗，那些专为娃娃预备的橡皮泥，对他来讲，太精巧了些。这种正合适。

老妇人交了钱，把售货员为她精心捆好的橡皮泥桶抱着，预备离去。售货员向她扬扬手说，您老多保重吧。看得出，您那么爱自己的儿子，他得了这样的病，您一定特难过。

老妇人开心地笑了，露出一口极为洁白的牙齿。虽然按她的岁数推算，这是假牙，仍让人感到她按捺不住的快乐。她说，谢谢你的关心。不过我的儿子并没有什么病，他很好，很健康，是个很棒的电脑工程师。

目瞪口呆的不仅是那位热心的售货员，还有在一旁偷听的我。谜团没有解开，越结越死。

老妇人说，事情是这样的。

我儿子小的时候，手很巧。我给他买回各种各样的玩具，让他开发智力。有一次，我买了橡皮泥，就是你说的那种老掉牙的货色——只有十二色的一小盒。他用它们捏小鸭子、小轮船，活灵活现的。有一天，他捏了一个大萝卜，圆圆的，大大的，红红的，上面还长着翠绿的缨子。我喜欢极了，还有骄傲和自豪。我把这个萝卜小心地带到单位，让同事们看。大家都说这不是那么小的孩子能捏出来的，没准是哪个工艺师随手的小品。我听了以后，心中甜似蜜呀。回到家后，儿子跟我要那个萝卜。我说，干吗呀？他毫不在意地说，把它毁了，重捏啊。红色的归到剩下的红泥堆里，绿的归绿的。我很可惜地

说，那这个萝卜不就没了吗？他睁大天真的眼睛说，可那些橡皮泥还在啊，我还可以捏别的呀。我说，不成，过几天，就是"六一"儿童节，单位里要是组织展览，这个萝卜就是上好的展品。你不能把它毁了，我要留作纪念。

儿子很听话，不再要回他捏的萝卜了。过了一段日子，他悄悄问，你们单位开过展览会了吗？我说，今年没开，你问这个干什么？他说，我想要回那个萝卜，让它回到我那一堆各色的橡皮泥里，这样我就可以捏其他的东西了。我不耐烦地说，这个萝卜我还想留着呢，你该捏什么就捏吧。儿子又怯生生地说，妈妈，你能不能再给我买一盒新的橡皮泥呢？我说，为什么，原来那盒不是挺好的吗？儿子说，那个萝卜走了，它的颜色就不全了。我敷衍地说，好吧，哪天我得空了就给你买。那阵子，我一直很忙，更主要的是不把孩子的请求当回事，总是忘。孩子问过几次，我心里烦，就说，你想捏什么就捏什么好了，颜色有什么要紧？大模样像了就成。我儿子很乖，从此，他再也不提橡皮泥的事情了。

大约半年后的一天，我下班回家，在桌子上，看到了儿子用橡皮泥捏的新作品。我不知是不是他特地摆在那儿的——一个胡萝卜，身体是蓝色的，叶子是黑色的。

我当时应该警醒的，可惜忙于工作，不愿分心，就装作什么也没有看到。

从此，儿子再不捏橡皮泥了，我也渐渐把这件事淡忘了。直到他长大成人，几十年当中，我们都再没提过橡皮泥这个词。

前几天搬家，从尘封的旧物中滚出一个铁蛋似的东西，我捡起一看，原来是那个蓝色的萝卜。谁也不知道它是怎样被保存下来的。我把它放在手心，还感到儿子当年的无奈。我从中听到了强烈的抗议和热切的渴望。我想赎回我当年的粗暴和虚荣，想完成我曾经答应过的承诺……

她说到这里，头深深地埋下了，花白的头发像一帘幕布，遮住了她的眼睛。

老妇人抱着橡皮泥桶，缓缓地走了。我也随之选定了一件礼物，离开了商场。我决定，在送给小朋友生日礼物的同时，送给他的妈妈一个故事。

只听得售货员在后头喃喃地低语，谁知她的儿子还记得这回事不？会原谅他妈妈吗？

青虫之爱

我有一位闺中好友，从小怕虫子，不论什么品种的虫子都怕。披着蓑衣般茸毛的洋辣子，不害羞地裸着体的吊死鬼，一视同仁地怕。甚至连雨后的蚯蚓，也怕。放学的时候，如果恰好刚停了小雨，她就会闭了眼睛，让我牵着她的手，慢慢地在黑镜似的柏油路上走。我说，迈大步！她就乖乖地跨出很远，几乎成了体操动作上的"劈叉"，以成功地躲避正蜿蜒于马路的软体动物。在这种瞬间，我可以感受到她的手指如青蛙腿般弹着，不但冰凉，还有密集的颤抖。

大家不止一次地想法治她这心病，那么大的人了，看到一个小小毛虫，哭天抢地的，多丢人啊！早春天，男生把飘落的杨花坠，偷偷地夹在她的书页里。待她走进教室，我们都屏气等着那心惊肉跳的一喊，不料什么声响也未曾听到。她翻开书，眼皮一翻，身子一软，就悄无声息地瘫倒在桌子底下了。

从此再不敢锻炼她。

许多年过去，各自都成了家，有了孩子。一天，她到我家中做客，我下厨，她在一旁帮忙。我择青椒的时候，突然从蒂旁钻出一条青虫，胖如蚕豆，背上还长着簇簇黑刺，好一条险恶的虫子。因为事出意外，怕那虫蜇人，我下意识地将半个柿子椒像着了火的手榴弹扔

出老远。

待柿子椒停止了滚动，我用杀虫剂将那虫子扑死，才想起酷怕虫的女友，心想刚才她一直目不转睛地和我聊着天，这虫子一定是入了她的眼，未曾听到她惊呼，该不是吓得晕厥过去了吧？

回头寻她，只见她神态自若地看着我，淡淡说，一个小虫，何必如此慌张。

我比刚才看到虫子还愕然地说，啊，你居然不怕虫子了？吃了什么抗过敏药？

女友苦笑说，怕还是怕啊，只是我已经能练得面不改色，一般人绝看不出破绽。刚开始的时候，我就盯着一条蚯蚓看，因为我知道它是益虫，感情上接受起来比较顺畅。再说，蚯蚓是绝对不会咬人的，安全性能较好……这样慢慢举一反三，现在我无论看到有毛没毛的虫子，都可以把惊恐压制在喉咙里。

我说，为了一个小虫子，下这么大的功夫，真有你的，值得吗？

女友很认真地说，值得啊！你知道我为什么怕虫子吗？

我撇撇嘴说，我又不是你妈，怎么会知道啊！

女友拍着我的手说，你可算说到点子上了，怕虫就是和我妈有关。我小的时候，是不怕虫子的。有一次妈妈听到我在外面哭，急忙跑出去一看，我的手背又红又肿，旁边两条大花毛虫正在缓缓爬走。我妈知道我叫虫蜇了，赶紧往我手上抹牙膏，那是老百姓止痒解毒的土法。以后，她只要看到我的身旁有虫子，就大喊大叫地吓唬我……一来二去的，我就成了条件反射，看到虫子，灵魂出窍。

后来如何好的呢，我追问。依我的医学知识，知道这是将一个刺激反复强化，最后，女友就成了生理学家巴甫洛夫教授的案例，每次看到虫子，就恢复到童年时代的大恐惧中。世上有形形色色的恐惧症，有的人怕高，有的人怕某种颜色，我曾见过一位女士，怕极了飞机起飞的瞬间，不到万不得已，她是绝不搭乘飞机的。一次实在躲不过，上了飞机，系好安全带后，她骇得脸色煞白，飞机开始滑动，她竟号啕痛哭起来……中国古时的"一朝被蛇咬，十年怕井绳"说的也是这回事。只不过杯弓蛇影的起因，有的人记得，有的人已遗忘在潜意识的晦暗中。在普通人看来是微不足道的小事，对当事人来说，痛苦煎熬，治疗起来十分困难。

女友说，后来有人要给我治，说是用"逐步脱敏"的办法。比如先让我看虫子的画片，然后再隔着玻璃观察虫子，最后直接注视虫子……

原来你是这样被治好的啊！我恍然大悟道。

嗨！我根本就没用这个法子。我可受不了，别说是看虫子的画片了，有一次到饭店吃饭，上了一罐精致的补品。我一揭开盖，看到那漂浮的虫草，当时就把盛汤的小罐摔到地上了……女友抚着胸口，心有余悸地讲着。

我狐疑地看了看自家的垃圾桶，虫尸横陈，难道刚才女友是别人的胆子附体，才如此泰然自若？我说，别卖关子了，快告诉我你是怎样重塑了金身？！

女友说，别着急啊，听我慢慢说。有一天，我抱着女儿上公园，那时她刚刚会讲话。我们在林荫路上走着，突然她说，妈妈……头上……有……她说着，把一缕东西从我的头发上摘下，托在手里，邀功般地给我看。

我定睛一看，魂飞天外，一条五彩斑斓的虫子，在女儿的小手内，显得狰狞万分。

我第一个反应是像以往一样昏倒，但是我倒不下去，因为我抱着我的孩子。如果我倒了，就会摔坏她。我不但不曾昏过去，神智也是从来没有的清醒。

第二个反应是想撕肝裂胆地大叫一声。因为你胆子大，对于在恐惧时惊叫的益处可能体会不深。其实能叫出来极好，可以释放高度的紧张。但我立即想到，万万叫不得，我一喊，就会吓坏了我的孩子。于是我硬是把喷到舌尖的惊叫咽了下去，我猜那时我的脖子一定像吃了鸡蛋的蛇一样，鼓起了一个大包。

现在，一条虫子近在咫尺。我的女儿用手指抚摸着它，好像那是一块冷冷的斑斓宝石。我的脑海迅速地搅动着，如果我害怕，把虫子丢在地上，女儿一定从此种下了虫子可怕的印象。在她的眼中，妈妈是无所不能无所畏惧的，如果有什么东西把妈妈吓成了这个样子，那这东西一定是极其可怕的。

我读过一些有关的书籍，知道当年我的妈妈，正是用这个办法，让我从小对虫子这种幼小的物体，骇之入骨。即便当我长大之后，从理论上知道小小的虫子只要没有毒素，实在值不得大惊小怪，但我的身体不服从我的意志。我的妈妈一方面保护了我，一方面用一种不恰当的方式，把一种新的恐惧，注入我的心里。如果我大叫大喊，那么这根恐惧的链条，还会遗传下去。不行，我要用我的爱，将这铁环砸断。我颤巍巍伸出手，长大之后第一次把一只活的虫子，放在手心，翻过来掉过去地观赏着那虫子，还假装很开心地咧着嘴，因为——女儿正目不转睛地看着我呢！

虫子的体温，比我的手指要高得多，它的皮肤有鳞片，鳞片中有湿润的滑液一丝丝渗出，头顶的茸毛在向不同的方向摆动着，比针尖还小的眼珠机警怯懦……

女友说着，我在一旁听得毛骨悚然。只有一个对虫子高度敏感的人，才能有如此令人震惊的描述。

女友继续说，那一刻，真比百年还难熬。女儿清澈无瑕的目光笼罩着我，在她面前，我是一个神，我不能有丝毫的退缩，我不能把我病态的恐惧传给她……

不知过了多久，我把虫子轻轻地放在了地上。我对女儿说，这是虫子，虫子没什么可怕的。有的虫子有毒，你别用手去摸。不过，大多数虫子是可以摸的……

那只虫子，就在地上慢慢地爬远了。女儿还对它扬扬小手，说"拜拜……"

我抱起女儿，半天一步都没有走动，衣服早已被黏黏的汗水浸湿。

女友说完，好久好久，厨房里寂静无声。我说，原来你的药，就是你的女儿给你的啊。

女友纠正道，我的药，是我给我自己的，那就是对女儿的爱。

每一次卓越
都来自
倔强的孤独

　　我哺育我的儿子的时候，感受到自身生命的枯萎和一种新的生命的诞生。

　　乳汁像一根银钱，它迸射出来的时候，好像一束柔韧的蚕丝。我觉得自己胸前藏着两坨洁白的线团，乳汁缠绕在上面，很紧密，很细致，仿佛丰收时沉重的玉米穗。

　　儿子樱色的嘴唇，噙住丝线的一端，开始孜孜不倦地缠绕他的生命之轴。那个小线轴，单薄、幼弱，仿佛露水雕成的。在这个峥嵘的世界上，无论遗落在哪一处角落，都会迅速被尘埃淹没。

　　我把我生命的线头给他，轻轻拍拍他的额头。他开始盘绕他的生命之线了，很贪婪，很执犟。这是一种与生俱来的生命的本能。在这种原始的蓬勃的力的面前，每一个母亲都感到由衷的狂喜：这是一个多么强健的孩子啊！

　　线团均匀地走动着，发出像纺车一样平静的嗡嗡声。我的这一团线轴渐渐变小了，儿子的那一团线轴渐渐变大了，仿佛两盘电影胶片，那一盘上的景象，缓缓地移到这一盘上……于是，我的发白了，齿松了，骨脆了，手颤了……但我乐此不疲，我愿意用我所有的精华，凝成又粗又韧白亮的丝线，给予你，我亲爱的儿子！

他像一台优质的小抽水机，喝起奶来没个够。我要吃许多的东西，饮许多的汤，然后经过我体内连我也不知晓的一系列复杂变化，成为一种洁白的液体。我很惊讶自己的这种功能，仿佛一座生物制品厂。青的菜，红的果，腥蹦的活鱼，黏稠的猪蹄，都褪掉了色泽，化解了异味。椒不会使乳汁变辣，醋不会使乳汁变酸，这真是一台好机器。我常常由衷地赞赏自己，这是我儿子置在我身上的田地。我要努力把这块土地耕耘好，争取一个又一个金色的秋天。

　　儿子出生时整整七斤，一个月以后，他明显地膨胀了。奶奶说，去称一称吧，这是当妈妈的功劳。只是到哪里去称呢？我说，把他挂在秤钩上吧，就像乡下称小猪崽那样。奶奶用一块花布将他裹起，来到一家卖水果的摊上。在充满果香的秤盘上，儿子不安分地手舞足蹈，秤砣摇晃着，忽悠着，随着他小小的气力颠簸……终于，在一个极短的瞬间，他异常安静，秤砣像一只成熟的梨平稳地悬在空中……八斤半还多！好壮的孩子啊！售货员们大哗。奶奶把孩子递给我，扯下花布单，丢到白净的秤盘里，说刨刨皮儿，我们要个净重！售货员说皮儿就二两，您老人家放心吧！

　　我几乎可以每时每刻察觉到他的长大，像我们拼命注视一块钟表时，就可以看到分针的走动。我在哺育儿子的时候，静静地听着，仿佛像木柴被火烘烤时轻微的爆裂声，自那小小的躯体溢出，那是他的骨骼增长时的音响。我看见他像蝌蚪一样灵活的黑色瞳仁，像坠落的雨滴在云雾中长大。我摸着他像海带一样柔顺的黑发，感到它们在我的指间无可置疑地加长。我想象的出那些洁白的乳汁化成的鲜艳的血液，在他体内像红头绳一样，紧绷绷地流动着……

　　我为他的蓬勃生长而欣喜若狂，完全不顾及伴随而来的我的衰老。在很长一段时间内，我以为这就是母爱，爱的峰巅。

直到有一天，一个女人对我说：你爱你的儿子，实质上是爱你自己，因为他是你血缘的继续。

那一刹，我的一种信念，像被击中的鸽子，从高空飘然落下。

爱孩子，像爱自己的手，自己的脚一样天然，值不得喧嚣，值不得标榜得无上崇高。唯有爱那与自己毫无干系的人，爱得刻骨铭心，爱得无怨无悔，爱得为了他献出自己的鲜血与生命，这才是爱中的极品。那女人说。

爱是不能够比的。我对她说。

　　那一天出门的时候，忘记带钱包。作为一个称职的家庭主妇，这种情况，一千天里才会有一天。

　　那一天出门的时候，天上飘着微雪。丈夫为我煮了两个鸡蛋，又递过一根油条。祝你考一百分，他说。我本不饿，为了他那殷殷注视的目光，我大口吞咽，仿佛食物中蕴藏着某种幸运。

　　那一天，是我作为电大中文专业的学生第一次去参加考试，科目是外国文学。

　　考场陌生而遥远，冷冰冰的雪粒，像微型子弹，密集地斜打在脸上，令人惆怅。面对灰蒙蒙的天空和步履匆匆的行人，我突然感到一阵凄凉。一个年过三十的女人，已经有了一张医学大专文凭，有了一个舒适的职业和一个温馨的家，在这样一个风雪凄清的早上，慌慌张张赶路，到底是为了什么？

　　那一天考完的时候，天空依然下着雪，而且越发紧密，仿佛在织一床白茫茫的苇席，经线分明，纬线迷离。

　　今天为考试请了一天假，考完了，心中一片空荡，完全不知道考得怎么样。作为自学生，没有教材，没有同学，没有参考书，也听不到面授辅导。对于我，所有的电大老师都住在一幢淡黄色的小房子

每一次卓越
都来自
倔强的孤独

里——那是我的咏梅牌半导体收音机。

不远处有一座新华书店，对书的热爱，驱使我走了进去。

眼前一亮，一本外国文学的参考书，像宝石一样在暗处发光，仿佛它的封面，是用锡箔打成。这本书我曾到处搜寻，就是买不到，想不到它竟虚伪地躲在这里。

伸手到兜里，才记起忘带钱包。不甘心，便搜肠刮肚地找。终于在月票的夹层里找到了一元钱。

好高兴！刚要买下这本于考试极有用的参考书，突然发现另一张柜台上有儿子最喜欢的《阿童木》。

我早就答应要给儿子买这本书，一直找不到。没想到这个偏远的小书店，书竟这样全！

可惜的是我只有一元钱，只够买一本书。

买大人书还是买小人书？我面临着一个抉择。

我不知道自己考试能否及格，假如不及格，就要补考，假如补考，这本大人书对我就极珍贵。

那么儿子呢？妈妈在业余时间读书，他自然多一份冷落，多一份孤独。我时时歉疚地注意到孩子的寂寞，却无力去弥补。他只想要一本《阿童木》，一个不难达到的希望，我却一直不曾满足。

我轻轻地走到屋外，看苍茫的雪花。它们漫无边际地飞舞着，不肯给我一个答案。

那一天我回家的时候，带回一本小人书。

下午去开家长会，孩子，你可知道妈妈此时的心情？

中午特意洗了把脸，用梳子重新拢齐了头发，最后还照了一眼镜子，镜子里是一张操劳又略带忧郁的面孔。

我不知道别的家长是否这样郑重，但我是。孩子，我希望你的老师对我能有个好印象，相信衣着整洁的妈妈能教育出一个好孩子。

走在通往学校的路上，心中有种莫名的紧张，我不知道等待我的消息是凶还是吉。

孩子，多么希望听到老师夸奖你呀！谈你聪明，谈你机灵，我自然十分高兴。但我更喜欢听老师夸你勤奋、刻苦、友爱……因为前者多归功于上天的赋予，而后者更多地属于你自身的努力。

孩子，坦白地说，夸你的时光虽然有，但更多的时候，我听到的是你的弱点和缺憾……

那种时刻，真令人尴尬和难堪。我的自尊心强烈地蜷缩起来，我的头在老师和其他家长的注视中沉重地垂下……因为我是你的母亲，在很多场合下，我便成为你的化身。孩子，你可想到在那一瞬间，妈妈心灵所遭受的痛苦？

母亲的心，真是一件奇怪的东西，当老师不再述说你的失误时，我却会追问不止，生怕他漏掉一点蛛丝马迹。对于你身上滋生的蛀虫，我是既怕看到，又想看到。假如你没有任何缺点，光滑得像一只美丽的红苹果，那当然太好了，不过我们谁也做不到。我们能做到的只是不断地克服缺点，自我完善，那么自然是谬误发现得越早越好……

我还会抓紧时间同别的爸爸妈妈们交换看法。如何教育子女是为人父母者一门永恒的功课，而且容不得失败，不允许返工。我会一言不发地倾听别人的经验谈，也会力排众议地提出自己的新观点。家长和家长，有谈不完的话题——那就是如何让我们的孩子茁壮成长。

暮色西沉时，我才离开学校。心中已不再忐忑不安，只是想快快见到你。我的孩子，妈妈有许多话要对你讲，先讲你的优点长处，再讲老师对你的殷切期望，最后要讲你的缺点错误和今后的方向……

孩子，我猜你也在焦急地等待着开家长会的妈妈吧，在今晚的灯光下，我想我们会长久地交谈。

愿你的步伐会更加轻捷有力……

妈妈，"请跟上"

儿子和我同启电脑蒙。近来电脑故障，请专家会诊，儿子在旁，不断插言。告别时，专家对我说，电脑再出毛病，不必病急乱投医了，身边就有好大夫。我说，谁？他说，你儿子。

后来我对儿子说，咱俩是脚前脚后的同学啊，你何时修炼成精？儿子说，这许多年来，你对电脑，是只知其然，不知其所以然。好比一个蹩脚的司机，只管开车，并不学习机械原理。通常情况下，还能开着摇摇摆摆走，荒漠野外遇到抛锚，就一筹莫展。再比如，一个使用傻瓜相机的人，一般也可凑合拍出能看的照片，但想要表现特殊的情调和效果，鞭长莫及。打个比方……

我说，别举一反三了，咱们还是就事论事吧。

儿子说，多年来，我冷眼旁观你的态度，觉得你把电脑看得太神圣了。这也不敢碰，那也动不得。你们这些当妈妈的人，学习的最大心障，就是把电脑奉若神明。

我辩解道，谁敢小看电脑？别的不说，起码它是咱家贵重的不动产啊。

儿子说，再贵重它也是一种工具，就该听人使唤。你们这一代啊，总把物看得比人更重要。

他这句话激我想了很多。

孩子，你说得对，也不对。

我们这一代人，是在爱护公物的教育里长大的。有了家，家里的东西好像也是公物，私自损坏不得的。小时候，丢失一块头巾一支钢笔，受到的责骂和内心的歉疚，刻骨铭心。但是，我们用肩将这历史的负荷承住，并未转嫁于后代。

孩子，我承认把物看得比自己重，但不曾把它看得比你重。你不能否认，自己是在宽松的环境下长大的。你小时把东西搞坏搞丢了，哭丧着脸，等我回家，只要告诉了我，我拍拍你的头，说，好啦，不要紧。你就立刻万事大吉，无忧无虑地玩去了。损物不受苛责，需要经济和爱意的双份支撑，今天的母亲比旧时的母亲宽裕了，所以你们这一代才酿出视物为草的胆量。孩子，我们是在不同环境下生长的植物，妈在寒带，你在温带。所以，夏虫不可语冰。

如今我当家做主，坏了东西再无人指责，但也无人再来宽恕。对于勤俭成性的妈妈来说，律己的心非但未见轻松，反倒更苛求了。

中年女人学电脑，也许首要破除的就是太珍惜物品的习气。不但要宽容后代的探索，也要给自己备出足够的学费。我们要原谅孩子，更要原谅自己。辛劳已半生，机体疲惫不堪，反应不再神速，指法不再轻盈。我们不必懊恼，不必幻想，不必惆怅，不必羡慕。更要学会关爱自己，珍视自己，循序渐进，不期望在某个早上万事如意。

不要在敲打键盘的时候，不由自主联想电脑不菲的价值，手下因此留情。

不要在机器万一故障的时候，怨天尤人，从此缩手缩脚。

不要因为未能听懂老师的术语，而自惭形秽，无颜再问。

不要因为指法的粗钝和反应的迟缓，羞于人前演示，独自暗中摸索，以致事倍功半。

不要以"女人天生不是学电脑的料"，来为自己的畏葸辩解，暗中逃避。

不要以"年纪老了，忘性比记性大"，制作一面面盾牌，遮挡自己的惰性和消极。

太阳过午，我们的记忆力已伤痕累累。要在这块拥挤的土地上辟出葱翠的电脑园地，需下更大的心气耕种，施更厚重的肥料滋养地力。

有一句口号叫作"跟上你的孩子"，我总是不无悲观地认为，孩子是跟不上的。正因为一代代的成人跟不上孩子，世界的轮子才滚滚向前。妈妈们，要不断地"跟上"啊，不仅仅是为了孩子，更是为了跟上明天，跟上自己。

母亲无节

在所有的日子里，母亲都为我们而忙碌。

母亲之所以成为母亲，是因为孕育了生命。当我们还没有来到这个世界上的时候，母亲就开始为我们缝制小衣，憧憬着我们的模样，设想着我们的前程……

我们一出生，母亲就沉浸到前所未有的操劳之中。我们的每一声啼哭，都会使母亲牵挂不休，我们的每一次欢笑，都会使母亲眉头舒展。母亲教我们走路，教我们学语，扶我们攀登高山，携我们涉过重河。当我们受了委屈的时候，母亲的怀抱是我们最后的港湾。当我们面对人生的迷惘叹息的时候，母亲的抚摸传达一种永不熄灭的力量……

在古希腊的神话里，母亲是大地。在中国的传说里，母亲是河流。不管是大地还是河流，都滋润着太多的绿叶，负载着太多的白帆，作为它们自身，是艰苦卓绝的付出和养育，绝非鸟语花香的节日。

终于有一天，我们离母亲而去，走得那样坦然。母亲挥泪与我们告别，笑得那样慈祥。我们去阅读世界了，把无尽的思念的夜晚留给母亲。我们欢乐，我们成长，我们会在热恋的日子里忘记了给母亲写信……

我们觉得自己已经长大，母亲的关切就像一件旧时的毛衣，在严

寒的日子里我们会忆起它的温暖，在风和日丽的春天，我们就把它遗忘。但对母亲来说，每一缕思念都那样绵长，每一条关于我们的音讯都令她长久地咀嚼。我们每一点微小的成绩都会熨平她额上的皱纹，我们的每一次挫折和失误都会令她仰天叹息……

这也许是一条奇怪的放大定律——儿女的风吹草动，会凝聚成疾风骤雨降临母亲的心灵。当我们跋涉在人世间的时候，母亲的心追随着我们，感应着我们，承受着我们的苦难，分担着我们的忧愁。

普天下所有的母亲，心都是分裂着的，神经的触角都格外悠长。假如她的儿女在美国，她就时刻感受着大洋彼岸的冷暖阴晴。假如她的孩子正在患病，她就祈祷病魔百倍凶残地降临自身，而解脱她的孩子。甚至在一切平安顺利的时候，母亲的心也是警惕地蜷缩着，随时准备一跃而起，为孩子遮挡突然的风暴……

尽管世上规定了母亲节，其实母亲无节。

或者说，母亲也是天天过节的。

孩子会笑了，孩子会走了，这就是母亲的节日啊。

孩子唱第一首歌，孩子写第一个字，这都是母亲的节日啊。

孩子得了第一次奖，虽说只是支普通的铅笔，这也是母亲盛大的节日啊。

孩子学得了知识，孩子建立了功业，孩子在世界上找到了属于他的另一半，孩子有了更小的孩子……这都是母亲的节日啊。

孩子的每一点进步，都是母亲永远铭记在心的节日。

一位母亲，培养出一个优秀的孩子，那就是人类永恒的节日。

为了无节的母亲和母亲的节日，我们每一位做孩子的人，都要努力啊！

我羡慕你

　　我是从哪一天开始老的？不知道。就像从夏到秋，人们只觉得天气一天一天凉了，却说不出秋天究竟是哪一天来到的。生命的"立秋"是从哪一个生日开始的？不知道。青年的年龄上限不断提高，我有时觉得那都是上了年纪的人玩出的花样，为掩饰自己的衰老，便总说别人年轻。

　　不管怎么样，我觉得自己老了。当别人问我年龄的时候，支支吾吾地反问一句："您看我有多大了？"佯装的镇定当中，希望别人说出的数字要较我实际年龄稍小一些。倘人家说得过小了，又暗暗怀疑那人是否在成心奚落。我开始越来越多地照镜子。小说中常说年轻的姑娘们最爱照镜子，其实那是不正确的。年轻人不必照镜子，世人仰慕他们的目光就是镜子。真正开始细细端详自己的容貌的是青春将逝的人们。

　　于是我把所有的精力放在孩子身上。记得一个秋天的早晨，刚下夜班的我，强打精神，带着儿子去公园。儿子在铺满卵石的小路上走着，他踩着甬路旁镶着的花砖，一蹦一跳地向前跑，将我越甩越远。

　　"走中间的平路！"我大声地对他呼喊。"不！妈妈！我喜欢……"他头也不回地答道。

　　我蓦地站住了。这句话是那样熟悉。曾几何时，我也这样对自己

每一次卓越
都来自
倔强的孤独

的妈妈说过，我喜欢在不平坦的路上行走。这一切过去得多么快呀！从哪一天开始，我行动的步伐开始减慢，我越来越多地抱怨起路的不平了呢？

这是衰老确凿无疑的证据。岁月的长河不可逆转，我不会再年轻了。

"孩子，我羡慕你！"我吓了一跳。这是一句实实在在的声音，从我身后传来，她说得很缓慢，好像我的大脑变成一块电视屏幕，任何人都能读出上面的字迹。

我转过身，身后是一位老年妇女，周围再没有其他人。这么说，是她羡慕我。我仔细打量着她，头发花白，衣着普通。但她有一种气质，虽说身材瘦小，却有一种令人仰视的感觉。我疑虑地看着她，我不知道自己有什么值得人羡慕的地方——一个工厂里刚下夜班满脸疲惫之色的女人。

"是的，我羡慕你的年纪——你们的年纪。"她用手指轻轻点了点，将远处我儿子越来越小的身影也括了进去，"我愿意用我所获得过的一切，来换你现在的年纪。"

我至今不知道她是谁，不知道她曾经获得过的那一切，都是些什么。但我感谢她，让我看到了自己拥有的财富。我们常常过多地把眼睛注视着别人，而自己则在不知不觉中失落着最宝贵的东西。人的生命是一根链条，永远有比你年轻的孩子和比你年迈的老人。我们每个人都有自己的位置，它是一宗谁也掠夺不去的财宝。不要计较何时年轻，何时年老，只要我们生存一天，青春的财富，就闪闪发光。能够遮蔽它的光芒的暗夜只有一种，那就是你自以为已经衰老。

年轻的朋友们，不要去羡慕别人，要记住人们在羡慕我们！

跋 · 生命中的金羊毛

那时候，年轻的我在西藏阿里。

一天清晨，峡谷山口。我自西向东行，崎岖路上，迎面走来一位老阿妈。

她面向太阳，怀中有一丛羊毛。

她的手指在羊毛中搅动，一根金色的毛线就从羊毛丛中蜿蜒而起，经过她粗糙手指捻动之后，缠络在胸前的线棰上。

随着颤颤巍巍的走动，线棰渐渐膨胀起来，像一只金萝卜。

雪白羊毛。

在自然繁殖的羊群中，白羊经常混血，变成花羊。能保持周身雪白的羊并不多见，白羊毛便特别值得珍惜。

由于角度的关系，新鲜的阳光金雨般斜打在羊毛上，渗进疏松的缝隙中，折射出刺目的金光。

从我这个方向看过去，一丛丛金针。

"文革"时，我在北京读书，从学校被查封的图书馆里，偷出过很多书，读过希腊神话。

年幼匆忙，囫囵吞枣。繁复的神灵体系和诡谲多变的故事，被我混为一谈，但我记住了金羊毛的传说，它和命运相关。

那时的我尽管对世界所知甚少，却是坚定的无神论者。我深信这个世界上没有神祇，没有金羊毛。尽管想象一下，那是多么奇美而蓬松的物品啊。

这一刻，我不得不承认，世界上是有金羊毛这种东西的，它就在我面前灼然怒放，百媚千娇。

我站在路边，静候老阿妈走过。她不抬头，心无旁骛地用牦牛骨做成的线梭捻毛线，动作机械。毛线们争先恐后地涌出来，好像原本藏在片絮状的毛团里已不耐烦。好不容易等来了老阿妈青筋毕露的手，有条不紊地把它们揪出来，再螺旋状地拧缠在一起，曝露在高原稀薄的空气中。

我等待，并不完全是因为礼貌。只有这样以静制动，才能看清楚捻毛线的细节。

交汇的那一瞬，我惊异地发现，老人家捻的不是高粗毛线。

阿里冬季长而酷寒，当地人编织衣物，用的都是像筷子般健硕的毛线，

扭编起来，密不透风，才可抵御零下数十度的冰雪与罡风。老阿妈手中搓捻的毛线，却是极细而轻柔糯软的，如同蜘蛛刚吐出来的丝，随着她粗长的呼吸而纤巧抖动。

我说，老阿妈，为什么捻这样细的线？

老阿妈抬起头，面容平静，好像一百年前就知道我会等在此处的路口向她发问。她仰望着苍天说，小的女金珠玛米，你说错了，这不是羊毛，是羊绒。

我说，羊绒这样散细，织成衣，微风都可将它吹透。

老阿妈说，这些绒是贴着山羊脖子和肚子下面的皮生长的。你想啊，人哪里最怕冷？山羊也一样。所以，那里长着最暖的东西。我就要有小孙子了，捻些线，给他织衣。

我说，婴儿柔嫩的肌肤，会不会觉得很扎啊？

老阿妈说，山羊会长出一些毛来扎自己吗？

这是一个问句，老阿妈却不等待我回答，独自晃着牦牛腿骨打磨而成的线轴，渐行渐远。

我凝立不动，目送她的背影，想着她的话。当她终于背对着我的时候，

我看见金羊毛恢复了普通的纯白色，变得寻常而朴素。

离开西藏已多年，这图像一直烫在我的心帘上，老阿妈可还安在？她的孙儿可已长大？她怀中的线轴，不断粗大丰满，像一穗金色的玉米了吧？

终于，我也到了当年老阿妈的年纪（也许已超过了，高原上的人，容易显得苍老），我怀中也揣了一团羊毛，那是我经年累月攒下的文字。检点它们，像是从我的灵魂中抽拉而出的蛛丝，单薄绵长血汗凝结。写的时候，总期望它们生长成自己生命中的金羊毛，待岁月蹉跎聚睛再看，也不过是家常的御寒之物。

我愿以当年老阿妈为自己亲人捻线的心境，要求自己的文字，温暖而不伤人。

祝福读者朋友们安宁快乐。借着文字，我们相逢在朝阳斜射的山口。

毕淑敏

二〇一六.8.16 北京.

（京）新登字 083 号

图书在版编目（CIP）数据

每一次卓越都来自倔强的孤独 / 毕淑敏著 .—北京：中国青年出版社，2016.10
（青春读书课）
ISBN 978-7-5153-4439-3

I.①每… II.①毕… III.①散文集－中国－当代 IV.① I267

中国版本图书馆 CIP 数据核字（2016）第 201444 号

每一次卓越都来自倔强的孤独

毕淑敏 著

策　　划：李钊平
责任编辑：彭慧芝　刘　莹
内文插图：张王哲
装帧设计：今亮后声 HOPESOUND pankouyugu@163.com
出版发行：中国青年出版社
社　　址：北京东四十二条 21 号
网　　址：www.cyp.com.cn
编辑中心：010-57350371
营销中心：010-57350370
印　　装：鸿博昊天科技有限公司
经　　销：新华书店
规　　格：880 mm × 1230 mm　1/32
印　　张：9
字　　数：200 千
版　　次：2016 年 10 月北京第 1 版
印　　次：2016 年 10 月北京第 1 次印刷
印　　数：1–20000 册
定　　价：32.00 元

如有印装质量问题，请凭购书发票与质检部联系调换 联系电话：010-57350337

Bi Shumin 毕 淑敏

毕淑敏写给男生女生的心灵成长励志经典

青春读书课
陪你人生走一程

文学界的白衣天使、著名作家、心理医师
作品入选全国中高考语文试卷最多的作家之一

01.《每一次卓越都来自倔强的孤独》
02.《所有的动力都来自内心的沸腾》
03.《孜孜不倦地爱与被爱》
04.《用心触摸世界的温暖和美好》
05.《绝望之后的曙光》
06.《在生命的所有季节播种》
07.《别给人生留遗憾》
08.《女生，我悄悄对你说》
09.《男生，我大声对你说》
10.《为了雪山的庄严和父母的期望》
11.《大雁落脚的地方》

定价：32.00元（单册） 352.00元（套装）

美好人生，从最美的青春读书课开始

讀書人
Reader